小学館文庫

浅草ばけもの甘味祓い

～兼業陰陽師だけれど、お隣に“鬼上司”が住んでいます～

江本マシメサ

小学館

目次

序章

陰陽師は夢で平安時代の恋人達に想《おも》いを馳《は》せる

（※ただし、朝になるとさっぱり忘れる）

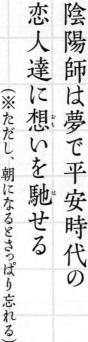

不思議な夢を見た。

時代は平安時代くらいだろうか。寝殿造りの家に、姿を隠す御簾《みす》、焚《た》かれた香に、色鮮やかな着物をまとう人々がいる——そんな世界観であった。

私は傍観者のように、一人の少女を見ている。十二単《じゆうにひとえ》よりも軽そうな着物を着て暮らし、多くの女官を従えているようだ。

姫と呼ばれる身分の女性は、「はせの姫」というらしい。陰陽師《おんみようじ》一家の姫君で、蝶《ちよう》よ花よと育てられているようだ。

贅沢《ぜいたく》な着物に、贅沢な食事、贈り物や手紙は毎日のように届き、箸より重たい物は持たないような暮らしをしている。

けれど、はせの姫は幸せそうには見えない。というのも、病弱で事あるごとに吐血し、食事も満足に喉を通らないという日々を送っていたから。

友達は野ネズミと、庭に飛んでくるウグイスのみ。

もちろん、病弱なので妻にと望む者もいない。

本を読もうとすれば咳《せき》が止まらず、貴重な書物を血で濡《ぬ》らし、手紙を書こうとすれば指先の震えが止まらずまともに文字も書けない。

病は、はせの姫の楽しみすら奪っていたのだ。

先日、はせの姫の世話をしていた者が亡くなった。彼女と同じく、吐血し、震えが治まらなくなる病だった。

病気は、人から人へ移る。そのため、家族すらまともに会えない日々が続く。

自身を呪われた身だと嘆くのは、飽き飽きしてしまった。今はただ、淡々と余生を過ごそうと考えるばかりである。

そんなはせの姫の楽しみは、夜、縁側に座って月を見上げること。夜空にぽっかりと浮かぶ月を眺めていると、孤独なのは自分だけではないと安心してしまうのだ。

ただただ何もなく、過ぎ去るだけの毎日に、突然変化が訪れる。

ある晩、いつも見上げていた月に、ぽつりと黒い点が浮かんだ。だが、目を擦って瞼《まぶた》を開いた瞬間には、黒い点は消えていた。

パチパチと瞬いているうちに、一人の男性が目の前に立つ。

夜の闇よりも黒い射干玉《ぬばたま》の髪に、切れ長の目、スッと通った鼻筋に、三日月のように弧を描いた唇を持つ、絶世の美男子である。

髪を一つに結び、瑠璃紺《るりこん》色の着流しを纏《まと》っていた。恰好《かっこう》からして貴族ではないのに、育ちがよさそうな、品のある佇《たたず》まいであった。

いったい、どこからやってきたのか。

男性と関わったことのないはせの姫は、どう話しかけていいものかわからず、月を見ながら食べようと思っていた石榴《ざくろ》の実を差し出した。

すると、無表情だった男性が、わずかに微笑《ほほえ》む。

それが、二人の出会いであった。

その後、男性はたびたびはせの姫のもとを訪れる。

いつまで経《た》ってもいっこうに名乗ろうとしないので、はせの姫は「月光《げっこう》の君」と勝手に呼んでいた。

はせの姫はひと目見た瞬間から、月光の君が普通の人間ではないと気付いていた。

魔性と言えばいいのか。男性の美貌は人ならざる存在《もの》のようだったのだ。

傍にいたら病が移ると訴えても、首を振って大丈夫だと答えるばかり。

事実、彼は吐血したり、震えが治まらなかったりなどの症状は出なかった。

しだいに、はせの姫は彼が『鬼』であることに気付く。昔話で聞いた覚えがあったのだ。鬼は、美しい姿で現れて、人を惑わす、と。

彼はきっと、普通の鬼ではない。大きな力を持つ『大鬼』であろうとはせの姫は確信していた。

ある日、共に庭の池を覗《のぞ》き込《こ》んだときに、月光の君の姿がなかった。水面に映る月を眺めつつ、やはりと、確信してしまう。

それでも、はせの姫は月光の君を拒むことはなかった。夜、やってくるのは彼だけだったから。

月光の君の瞳には、悲しみや嘆きが滲《にじ》んでいるようにも見えた。自分と同じだと、はせの姫は感じていたのか。

彼女は、この世の魑魅魍魎《ちみもうりょう》にも心があるのを知っていた。可能な限り尊重したいと考えていたのだ。

月光の君の目的は不明。毎日毎日、はせの姫が用意した水菓子を食べ、一つ、二つ、会話を交わす程度である。

基本、無表情なのだが、はせの姫が水菓子を差し出した瞬間にだけ、わずかに微笑むのだ。だから、彼女は毎晩、彼のために水菓子を用意していた。

家の周囲には護衛がいて、外から侵入できないようになっている。それなのに、月光の君は誰にも気付かれずに、やってくるのだ。女官に聞いたら月光の君が二度と来ないような気がして、長い間黙っていた。

何十日、何百日と時を過ごす中で、はせの姫は月光の君へ対する恋心を育てていった。

月光の君の目的は、はせの姫の命かもしれない。けれど、それでもいい。余生は、すべて彼に捧《ささ》げよう。

そんな思いを抱きつつ、過ごしていたようだ。

ある日、はせの姫は月光の君の変化に気付く。見つめる瞳が、燃えるような熱を帯びているということに。いつからだったのかは、わからない。

熱く、熱く見つめる瞳からは、たしかな愛を感じていた。

二人は同じ気持ちを胸に、夜を過ごしていたのだ。

幸せだった。もう、死んでもいいと思うくらいに。

数ヶ月かけて、心を通わせていく中で、事件が起きる。

月光の君と縁側に座って月を眺めるだけの晩に、割って入る者が現れたのだ。

塀を跳び越えて庭に侵入した男は、腰に刀を差していて、鬼退治をしにきたという。

男は「桃太郎《ももたろう》」だと名乗った。

夜闇に溶け込んで出歩く鬼を追って、やってきたらしい。突然の登場にはせの姫は驚き、言葉を失ってしまった。

桃太郎は刀を抜き、月光の君の胸を狙って斬りつけようとする。明らかな殺意と共に、一撃で仕留めようと月光の君の懐に飛び込んだのだ。

病に蝕《むしば》まれて自由に動かないはせの姫の体が、このときばかりは動いた。

着物は裂け、胸に大きな傷が走る。はせの姫は月光の君を庇《かば》い、もともと短かったであろう命を散らしたのだ。

最後に、はせの姫は月光の君へ言葉を遺《のこ》す。

――人を恨まないでほしい。それから悲しまないでほしい。信じていれば、来世で会える。未来で幸せになりましょう。

これでいい。そんなことを思いながら、はせの姫は儚《はかな》くなった。

以上が、夢の内容である。はせの姫が経験した数ヶ月間のできごとを、傍観者のように眺めるばかりであった。それなのに、しだいに胸が締め付けられていた。

他人事なのに、どうしてここまで感情移入してしまったのか。よくわからない。

はせの姫は、生まれ変わって月光の君と出逢《であ》えただろうか。

出逢えていたのならば、今度は手と手を取り合って、どうか未来永劫《えいごう》幸せに暮らしてほしい。

第一章

陰陽師は魑魅魍魎を華麗に祓う

（※ただし、鬼と一緒に）

江戸時代より栄えた場所として名高い東京の下町――浅草。

人力車が走っているかと思えば、東京のシンボルであるスカイツリーがそびえ立つ。

『昔ながら』と『新しい』が共存している不思議な町だ。

私――永野遥香《ながのはるか》は、この浅草の町を守る陰陽師一家の端くれである。日々、悪さをする怪異を祓い、町の平和を維持していた。

それだけだと、格好よく聞こえるだろう。だが、アニメや漫画の世界のイメージと、現代の陰陽師の日常はかけ離れている。

かつての陰陽師は、社会的地位を築いていた。周囲からの信用も厚く、高給取りでもあったらしい。

平安時代の頃は、秩序を守る存在がいなかった。天変地異の原因がすべて、怪異の仕業であると決めつけられていた時代である。そのため、誰もが陰陽師を頼っていたのだ。

時は流れ――現代になり、この世の秩序は法律と警察によって守られている。天変地異の原因も科学的に解明され、人々は怪異を信じなくなった。

その結果、陰陽師は必要のない存在となり、時代が明治に移り変わると陰陽師のお役所である陰陽寮《おんみようりよう》の廃止が決まった。

以降は陰陽師として活動しても、収入が得られない時代になってしまったのだ。

ある者は神職となり、ある者は占い師へと転職した。多くの陰陽師が廃業し、新しい時代へ適応していったのだ。

それも無理はないだろう。怪異と対峙《たいじ》するのは命がけである。奉仕活動として陰陽師として生きるには、あまりにも危険だった。

そんな中で、我が永野家は陰陽師を続ける稀有《けう》な一族であった。

浅草は多くの人々が行き来する土地である。怪異の発生率も高かったのだ。

永野家のご先祖様は、御上直々に「浅草の町を頼む」と声をかけられたらしい。その言葉は代々語り継がれ、陰陽寮がなくなった今も永野家の者達は陰陽師として怪異と戦っている。

もちろん、陰陽師は専業ではない。兼業だ。昼間は会社員である父は、夜になると陰陽師の活動をしている。母も、昼間はパートにでかけ、夜は父の活動を支えている。

そして私も、朝から夜まで会社勤めをしていて、退勤後に怪異と対峙しているのだ。

怪異は人に取り憑《つ》き、悪さをするよう仕向ける悪い存在である。それが、陰陽師が考える怪異というものであった。

しかし私は、そうは思わない。人にも良い奴《やつ》と悪い奴がいるように、怪異にも良い奴と悪い奴がいると推測していた。

恐らくであるが、怪異は人がもともと持つ邪気に感化されて、悪さをするのだろう。そう考えたら、怪異が必ずしも悪とは言えない。

だから、怪異を見つけたら退治せずに、邪気だけを祓うようにしていた。どうするのかと言うと、呪術を仕込んだ甘味を道端に置き、怪異に食べさせる。すると、怪異は悪さをしなくなるのだ。

私はこれを、『甘味祓い』と呼んでいる。

人と怪異で、新しい時代に共存したい。そんな考えのもと、私は陰陽師として活動している。

陰陽師としての私を支えてくれるのは、使い魔のゴールデンハムスター、ジョージ・ハンクス七世である。

彼は見た目の可愛《かわい》らしさに反して、怪異相手にパンチやキックを見舞うことを得意とする、武闘派式神なのだ。非常に頼りになる相方であったが、私の力が弱いばかりに、上手《うま》く使いこなせていない。

私の陰陽師としての実力は、下の下レベルだった。よく、今まで怪我《けが》もなくやってきたなと、自分のことながら感心してしまうくらいだ。

へっぽこ陰陽師の私には、『甘味祓い』をしながら平和を維持する方法が合っているのかもしれない。

そんな感じで、会社員と陰陽師のお仕事をなんとか兼業でこなしていた私に、超特大の災難が降りかかる。

京都からやってきた新しい上司が、最強の怪異である『鬼』だったのだ。どうしてこうなったと、頭を抱え込む。

そもそも、東京に鬼がやってくるなど、絶対にありえないのだ。

時は、平安時代まで遡る。御上が国の平安を祈願して名付けた平安京であったが、実はもっとも治安が悪かった時代だった。

当時、国内の争い事が一段落したことから軍隊は桓武《かんむ》天皇が、死刑は嵯峨《さが》天皇が廃止してしまったのだ。

軍隊代わりに作った検非違使《けびいし》のおかげで御上の周辺は平和だったが、都以外は荒れに荒れていたようだ。

地方に派遣された役人は私腹を肥やし放題。強盗や殺人は日常的に行われていたらしい。平安時代末期には、災害や暗殺、大火災に飢饉《ききん》、日照り、洪水、流行病《はやりやまい》と次々と不幸に襲われる。

そんな厄災のすべてを鬼の仕業と決めつけ、京都の町から出られないよう陰陽師が封じてしまったのだ。

京都には国内有数の陰陽師一家の手によって強力な結界が張られているので、鬼が脱出することは不可能。

それなのに、私の目の前に鬼が現れた。とんでもない大事件である。

鬼の名は、長谷川正臣《はせがわまさおみ》。

総務課の係長としてやってきた彼は、見目麗しかった。おまけに独身で、総務課の女性陣だけでなく、会社の女性達の心を一気に鷲《わし》づかみにしてしまったわけである。人間的に魅力があるだけでなく、『鬼の魅了』という特殊能力もあるらしい。そのため、大変モテてしまうようだ。

そのおかげで社内の秩序が乱れた。具体的に言うと、誰が抜け駆けをして長谷川係長にアプローチしたとか、長谷川係長にお茶やお菓子を持って行きたいとか、壮絶な牽制《けんせい》のし合いが始まったのである。

結果、負の感情が渦巻き、邪気を生んでしまった。邪気は、怪異を誘う。

怪異に取り憑かれた同僚と戦ったり、元上司に襲われたりと、いろいろ大変な目にも遭った。

加えて、長谷川係長はマンションの隣に引っ越してきたのだ。

なぜ？　どうして？　という感情の波に飲み込まれそうになる。

不可解なのは、マンションで会うときには、比較的穏やかで鬼らしさを感じない点。会社では、女性陣の悪意を私に向けようとしたり、いじわるな言葉で責めたりと、鬼としか言いようがないのに。

彼の言葉や行動には、一貫性がない。何かあるたびに私を助けてくれるのに、突き返すような冷たい言動を取る。

しかしながら、鬼が陰陽師に手を貸すなど、前代未聞である。

ただ、常に友好的なわけではない。会社ですれ違うときに、ジロリと睨《にら》まれたのは一度や二度ではなかった。その理由を、あとから知ることとなる。

なんでも長谷川家は、平安時代の後期に、鬼と交わった唯一の一族らしい。

陰陽師に命を狙われた鬼の一族は、なんとかして起死回生を図ろうと人と縁を結び、人の世に紛れて生きる道を選んだのだという。

長谷川家の者達は、人でもあり、鬼でもある。そんな事情があるので、陰陽師が作った結界を通り抜けられるのだ。

長谷川係長は先祖返りと言えばいいのか。鬼の血が一族の中でも濃いらしい。人が多い会社にいると、どうしても人から生じる邪気に影響されて鬼寄りの思考になってしまうという。

そんな長谷川係長と私は、いろいろあって手を組むこととなった。

長谷川係長曰《いわ》く、私があまりにも弱くていつか怪異に殺されてしまうのではと、不安に思っていると。

けれどそれは、私を心配しているわけではない。人が無念の思いを抱えて死ぬと、町全体を包み込むほどの邪気を生んでしまう。それに触れてしまったら、長谷川係長は完全な鬼と化してしまうのだろう。

お互いの平和のために、陰陽師である私と、鬼の血を引く長谷川係長は手を組んだのだった。

もちろん、無償というわけではない。

一回協力してもらうごとに、手作りのお菓子を三つあげる契約を結んでいた。そして、休日に食事を作ってあげる約束もしている。

悪魔と契約した気分になったが、いたしかたない。危険が減るのであれば、猫の手でも鬼の手でも借りたいのだ。

そんなわけで、私と長谷川係長の共闘戦線が始まった。

◇◇◇

人々の抱える邪気が増大しやすくなる夜――浅草の町の路地裏を長谷川係長と一緒に全力疾走していた。

あっという間に距離を離されてしまう。長谷川係長は、走って逃げる怪異を確実に追い詰めていた。

本日発見したのは、公園で眠る酔っ払いに取り憑きかけていた怪異。ハクビシンみたいな、獣の姿をしていた。

そんなハクビシン怪異は、長谷川係長と目があった瞬間、動きを止める。

怪異自身も、自分より力を持つ存在がわかるのだろう。

街灯がない、真っ暗な道のほうへ一目散に逃げだした。長谷川係長は容赦しない。

追い詰めた怪異を足で踏みつけて動けないようにしながら、ポケットに入れていたせんべいの袋を開けてその口の中に突っ込んだ。

すると、ハクビシン怪異は体から、黒い靄《もや》を発する。あれは、邪気だ。そして体内にある邪気が蒸発し、一回り体が小さくなった。目のギラつき感がなくなっているので、しばらく人には取り憑かないだろう。

長谷川係長が足を離すと、ハクビシン怪異はパッと身を起こす。そして、街灯があるほうへと走り去っていった。

「はあ、はあ、はあ──あの、お、お疲れ様でした！」

労《ねぎら》う私に、長谷川係長は笑顔で返す。

「ずいぶんと到着が遅れたけれど、他に怪異がいたの？」

「いえ、その、すみません」

純粋に走るのが遅かっただけだが、それを聞いているわけではないだろう。長谷川係長はたまに、遠回しに嫌味を言ってくる。こういう場合は、謝るに限るのだ。

ひとまず、怪異の邪気を祓えたので、よしとしよう。長谷川係長の嫌味にいちいち傷ついていたら、キリがない。

今日は長谷川係長の歓迎会だったのだ。余所《よそ》の課からも人が集まり、五十名の大所帯となってしまった。

　そこで長谷川係長は大勢の人からたっぷり絡まれ、ご覧の通りご機嫌がよろしくない。それも無理はないだろう。会社でほぼ接点のないおじさん達から、ハラスメントを受けていたのだ。

　完璧に見える長谷川係長のどこにつけ込む隙があるのか。それは、独身であるということ。

　呆《あき》れてしまうのだが、会社のおじさん達は、結婚して初めて一人前だと思っているようだ。非常に古い価値観である。

　もちろん、男女が出会い、惹《ひ》かれあって結婚するのはすばらしいことだろう。けれどそれを、他人がどうこう言ったり、ましてや強要したりするのは間違っている。

　マウントを取りつつ、あわよくば自分の娘とお見合いさせる流れに持っていきたいのだろう。下心が見え見えだった。

　しかし、長谷川係長の返しは、見事だった。笑顔のまま「勉強になります」、「さすがです」、「ご立派です」と賞賛の言葉しか口にしない。

　ただ、彼の性格を考えると、本心から言っているわけではないのだろう。

　きっと、「勉強になります」は「余計なお世話だ」、「さすがです」は「放っておてくれ」、「ご立派です」は「お節介だ」くらいに言葉を変換すると、いい感じに意味が通じる。勝手に脳内で通訳しながら会話を聞いていたので、途中で笑いそうになった。長谷川係長に圧のある笑顔で、「永野さん、楽しそうだね」なんて言われてガクブルしてしまったのは内緒だ。

「それにしても、災難でしたね。長谷川係長の歓迎会とかいって、もみくちゃにされて」

「まあ、飲み会ってこんなもんだよ」

「ですかね」

「時代も変わりつつあるから、そのうち飲み会自体もなくなるんじゃない？」

「どうでしょうか……」

思わず、遠い目をしてしまう。飲み会は得意ではないので、しなくてもいい世の中になってほしい。

「それにしても、せっかく永野さんが俺を元気づけようとせんべいをくれたのに」

そうなのだ。二次会が終わったあと、あまりにも長谷川係長は疲れ切っていた。人々の邪気に、中《あ》てられてしまったのだろう。気の毒に思って、甘味祓いの呪術をかけたせんべいをあげたのだ。

近くの公園で食べて帰ろうと話していたら、怪異に出遭ってしまったわけである。

「あの、直接私が邪気祓いを、しましょうか？」

「いいよ、無理しなくて。人に直接呪術をかけるのは、負担がかかるだろう？」

「まあ、そうですけれど」

「大丈夫。家に帰ったら、元気になるから」

明日は土曜日だ。ゆっくり休みたい。

「じゃあ、帰ろうか」

「あ、長谷川係長、ちょっと待ってください」

踵《きびす》を返す長谷川係長の腕を摑《つか》んで、引き留める。思いがけない行動だったからか、長谷川係長は驚いた表情で私を見下ろした。

「何？」

「明日、お礼のお菓子を作るのですが、何か食べたいものはありますか？」

「いや、なんでもいいけれど」

「なんでもいいは困るんです」

そう答えると、長谷川係長はしばし考えるような素振りを見せ、希望のお菓子を口にした。

「じゃあ、せんべいで」

即座に、長谷川係長にリクエストを募ったことを後悔する。せんべいって、簡単に手作りできるようなお菓子ではない。がっくりとうな垂れる。

すると、長谷川係長は笑い始めた。ずいぶんと楽しげである。

おそらく、難しいとわかっていてリクエストしたのだろう。

腹が立ったが、今晩ばかりは許してあげる。歓迎会で疲れているのに、怪異の邪気祓いに付き合ってくれたから。

長谷川係長とマンションに戻る。お隣さん同士なので、部屋に帰るまで一緒になってしまう。

「永野さん。やっぱり、せんべいじゃなくてもいいから」

「まあ、一応、頑張ってみます」

「無理しないで」

そんなふうに言われてしまうと、意地でも作りたくなる。たまに、負けず嫌いが発動してしまうときがあるのだ。

せんべいの作り方は把握《はあく》している。以前、叔母が焼きたてのせんべいが食べたいと言ったので、ネットで作り方を調べて作った記憶があった。

まず、上新粉にお湯を注ぎ、しっかり捏《こ》ねたものを蒸す。次に生地を練り、水の中に浸《つ》けて生地を冷ます。その後、水から生地を取り出して、再び捏ねる。生地を薄くのばし、一週間ほど天日干しにしたものに醤油《しょうゆ》を塗って網の上で焼いたら完成となる。

せんべい作りは、一朝一夕にはできない。大変手間暇がかかるものなのだ。

確かな歯ごたえとほどよい醤油の風味を出すのは職人技である。一生懸命作ったせんべいであったが、「買ったほうがおいしい」というのが叔母の感想であった。

あのときほど、無念に思った記憶はない。

「じゃあ、おやすみ」

「おやすみなさい」

ぺこりと会釈して、長谷川係長と別れた。

扉を閉め、鍵をかけて、チェーンを付ける。そのあと、私は恥ずかしさでどうにかなりそうになる。

どうしても、家族以外に「おやすみなさい」と言うのは、照れてしまう。私だけだろうか。その場にしゃがみ込みそうになったが、二度と立ち上がれなくなるだろう。

最後の力を振り絞って、リビングに戻る。

『おう、遥香。おかえり』

「ただいま」

ジョージ・ハンクス七世が、カラカラと滑車を回しながら話しかけてくる。こうしていると、普通のハムスターにしか見えない。しかし、ジョージ・ハンクス七世は、れっきとした式神なのだ。

『今日は飲み会だったな。酔っ払った上司に絡まれなかったか？』

「私は大丈夫」

直属の上司である木下《きのした》課長は温厚な人物で、お酒を飲んでも普段と変わらない。長谷川係長も、顔色一つ変えずに日本酒を飲まされていた。

『誰か酷《ひど》く絡まれていたのか？』

「あ、うん。長谷川係長がね」

『いや、あの男だったら、暗黒微笑とか浮かべて、激しくキレ散らかしそうな感じがするが』

「会社の人達の前では、愛想良くしているんだよ」

『想像できないな』

今回ばかりは、長谷川係長に同情してしまう。楽しいお話だけすればいいのに、どうして会社のおじさん達はお酒が入った途端に説教をしてしまうのか。まったく理解できない。

「そのあと、帰る途中に怪異を見つけて、長谷川係長が甘味祓いをしてくれたんだ」

『案外、上手くやっているんだな』

「まあ、そうだね」

まさか、鬼の血が流れている長谷川係長が、陰陽師の活動を助けてくれるなんて思いもしなかった。

『そのうち、あいつが遥香の相棒なんて言い出すかもな』

「そんなことないよ。私の相棒は、ジョージ・ハンクス七世だから！」

『遥香……！』

手を差し出すと、ジョージ・ハンクス七世は私の指先に手のひらをぺちっと置く。小さな手なのに、頼もしく感じた。

もっと強くなって、どんどん彼と協力して戦えるようにならなくては。

今日はものすごく疲れたので、温かい湯船にゆっくり浸かろう。

お風呂から上がったあとは、泥のように眠ったのだった。

翌日――私は筋肉痛に襲われていた。

「ぐぬぬぬ……！」

もしかしなくても、怪異を全力疾走で追いかけたからだろう。完全に、運動不足である。重たい体を洗面所まで引きずっていき歯を磨き、顔を洗う。

朝食はトーストとインスタントのコーンスープ。

春先に作ったイチゴジャムをたっぷり塗って、頬張《ほおば》った。イチゴのつぶつぶ感と、ほどよい甘酸っぱさがなんとも言えない。口の中が甘くなったら、コーンスープを飲む。これで無限に、食べられるような気がした。

そのあとは、怪異が絡んだ怪しい事件がないかネットで調べる。土曜日なので、朝から報道番組はやっていない。そのため、ニュースサイト頼りになってしまうのだ。

全国ニュースでは、殺人に傷害など、さまざまな事件が報道されている。陰陽師がきちんと怪異の邪気を祓っていたら、起きなかった事件ばかりだろう。

昨日の公園にいた泥酔者だって、怪異が取り憑いていたらどうなっていたか。考えると、ぶるりと震えてしまった。

都内で起きた行方不明事件の記事が、トップページにあって目に付く。また、である。先週も行方不明事件があったような。報じられた被害者が生活する地域にも、担当陰陽師がいるというのに、いったい何をしているのだろうか。……なんて、責めることはできない。一人の陰陽師が、解決できるものではないのだろう。他の地域については考えないほうがいい。今は、自分が任された地域をしっかり守らなければ。

ジョージ・ハンクス七世は、暖かな日の光を浴びながら微睡《まどろ》んでいた。起きそうにないので、水を換え、ヒマワリの種を追加しておく。

背伸びをして気分を入れ替え、長谷川係長のためのせんべい作りを始める。

せんべいとは言っても、数日掛けての本格的なものではない。冷凍ごはんを使った、簡単なせんべいを作る。

まず、冷凍ごはんを解凍し、すり鉢に入れる。すりこ木を使ってしっかりごはんの粒を潰す。

ごはんが潰れたら、乾燥サクラエビを入れる。全体に馴染《なじ》むよう、しっかり交ぜなければならない。

サクラエビが交ざったら、平たいお皿にクッキングシートを広げて、スプーンでごはんを掬《すく》って落としていく。すべて並べたら、ラップを被《かぶ》せ、上からごはんをぎゅーっと押さえて潰していく。この状態で、レンジで一分ほど加熱する。そのあと、ラップを剥《は》いで塩をまぶすのだ。青のりやごまをかけても、おいしい。

反対の面にも塩を振り、今度はクッキングシートごと鉄板に並べる。一分ほどオーブンで焼いて、表面が乾燥していたら取り出してしばし乾かす。

一時間後、焼き網を使ってガスコンロでこんがり焼き色を付けたら、見事なエビせんべいの完成である。

この冷凍ごはんせんべいは、祖母から習ったものだ。

料理上手な祖母も、せんべいは手作りしないらしい。けれど、急に食べたくなったときには、冷凍ごはんを使って作ると教えてもらった。

他にも、冷凍ごはんせんべいにはバリエーションがある。潰した枝豆をまぜた、ずんだせんべい。塩昆布を刻んで入れた塩昆布せんべい。余った栗《くり》ごはんで作った栗せんべいなどなど。基本、ごはんに合うものは、せんべいにしたらおいしく仕上がるらしい。私は、ずんだせんべいがお気に入りだ。

せんべいは、怪異の甘味祓いでも活躍していた。

浅草には、創業百年以上にもなる老舗のせんべい屋さんがある。店頭で焼いていて、焼きたてアツアツを購入できるのだ。たくさん買って、私の分と怪異の分とに半分こしている。

そんなせんべいの歴史は長い。発祥地は中国で、紀元前二百二年頃からあったらしい。せんべいは宮廷のおめでたい席で振る舞われる、特別なものだったようだ。

その後、日本に伝わったのだが、空海《くうかい》が中国から持ち帰って作らせたとか、千利《せんのり》休《きゅう》の弟子が考案し広めたとか、諸説があるようだ。

庶民のおやつとして広く普及したのは、江戸時代。稲作が盛んだった埼玉県の草加市で、多くのせんべいが作られていたようだ。

やはり、せんべいと言ったら、草加せんべいである。

中には、せんぺいと呼ばれるものもあるらしい。せんべいではなく、せんぺいである。

せんぺいというのは、小麦粉を主原料としている甘い焼き菓子だ。しょっぱいせんべいとは異なる、甘いおやつである。これも、中国発祥らしい。最初に日本に伝わったのは、せんべいではなく、せんぺいだった、なんて説もあるようだ。非常に興味深い。

東京ではせんぺいと呼ばれる食べ物は見かけないが、九州地方ではちらほらと売っているようだ。

関西地方でおなじみの瓦せんべいも、せんぺいの一種だろう。

せんべいについて思いを馳せているうちに、粗熱が取れたようだ。一枚味見をしてみる。

サクサクに焼けており、サクラエビの香ばしい風味が、口いっぱいに広がった。冷凍ごはんを使って、ちゃっちゃと作ったものとは思えない仕上がりである。

これならば、長谷川係長も満足してくれるだろう。早速、メールでせんべいができたと打つ。すると、数秒後に玄関のチャイムが鳴った。

あまりにも、反応が早すぎないか。そう思いつつ、玄関の様子を映し出すディスプレイを覗き込んだ。そこにいたのは、長谷川係長ではなかった。

『遥香――！　久しぶり！』

ここのマンションの持ち主である、叔母の織莉子《ゆりこ》だった。春から一度も帰宅していなかったが、暇ができたのだろうか。叔母は芸能人で、国内のタレント業だけでなく、海外のドキュメンタリー番組、バラエティなど、多方面で活躍しているのだ。

「織莉子ちゃん、おかえりなさい」

『うん！　ただいま！』

ちなみに、私と叔母の年の差は十歳。父とはずいぶんと年が離れた兄妹だったのだ。

そのため、「叔母さん」ではなく、「織莉子ちゃん」と呼ぶように命じられている。見た目も、父と兄妹というよりは、私と姉妹と言ったほうが違和感はない。

永野家イチの美女で、とある企業の御曹司から求婚を受けたこともあるようだ。けれど、叔母が選んだ結婚相手は、ごく普通の会社員。ちなみに、叔母が陰陽師であることは知らないらしい。

「ちょっと待っていてね。鍵を開けるから」

扉を開くと、ぎゅーっと抱きしめられる。

「久しぶり。旦那に会うより、遥香に会うほうが癒やされるよー」

「そ、それはよかった。いや、よかったのか……？」

よくわからないが、こうして喜んでくれるのは嬉《うれ》しい。叔母は生まれたときから、私を妹のように可愛がってくれている。

「ずっと、日本にいなかったの？」

「そう！　もう、くたくたよ」

叔母は春からずっと、海外を飛び回っていたようだ。

「アメリカに半月滞在して、そのあとは台湾。イギリスに立ち寄って、ロシアにも行って、最後にケニアに一週間いたかな？」

「相変わらず、すごいね」

「まあね。あ、そうだ。これ、お土産！」

「わー、ありがとう」

ケニア土産らしい、五十センチくらいの大きな包みを受け取る。叔母は軽々持っていたが、想像以上にずっしり重たい。

いったい何を買ってきてくれたのか。ドキドキしながら、厳重な包みを開く。

「こ、これは……！」

木彫りの戦士像がでてきた。極彩色の派手な色づけがなされていて、勇ましく槍《やり》を持った姿が彫られている。

なんでも悪《あ》しき魔物から守ってくれる大精霊の呪文が、全体の模様に交ざって描かれているらしい。

「ごめんね、ケニアの戦士像しか買えなくて」

「魔除《まよ》けは嬉しいよ」

一度、叔母が私に有名ブランドの鞄《かばん》を買ってきて、母が激怒する事件があったのだ。

二十歳にもならない娘に、ブランドの鞄なんて相応《ふさわ》しくない。それに、こんな物を持ち歩いて、金持ちの娘だと勘違いされて事件に巻き込まれでもしたらどうするのか、と大変な剣幕だった。

当時、母は厳しいと思っていたが、叔母が買ってきてくれた鞄は、日本の正規店で購入すると百万円もする鞄であることをあとから知った。

あのとき、母が怒ってくれて助かったのかもしれない。知らずに、百万円の鞄を普段使いするところだった。

ちなみに、百万円の鞄は叔母が一年だけ使っていた。鞄などは半年も持ち歩いているると飽きてしまうらしい。けれど百万円もしたので、我慢して使っていたようだ。その後、鞄は質屋に売ったという。断捨離が趣味なので、手元に物を置いておきたくないようだ。

ケニアの戦士像をジョージ・ハンクス七世のハウスの隣に並べたら、怒られてしまった。

『おい、遥香。こういうのは、玄関に置け。邪気は、玄関から入ってくるからな！』

「そうだったね」

しかし全長三十センチの戦士像を玄関に置いたら、宅配業者さんやご近所さんに見られてしまいそうな気もするが。まあ、いいだろう。

叔母はジョージ・ハンクス七世を覗き込み、笑みを浮かべる。

「わー、ジョージ、お久しぶり！」

『おう、織莉子も元気そうだな』

「おかげさまで」

『火鼠《ひねずみ》野郎も息災でやっているか？』

「もちろん」

ジョージ・ハンクス七世が火鼠野郎と呼ぶのは、叔母の式神であるジャンガリアンハムスターだ。名前は、トム。

トムもハンクス家の一員で、火を使った呪術を得意としているので火鼠野郎と呼ばれている。ちなみに、ハンクス家と呼んでいるが、血のつながりはない。式神召喚でやってきたハムスターを、永野家の人々がそう呼んでいるだけなのである。ジョージ・ハンクス七世は、永野家に召喚された七匹目のゴールデンハムスターなので名前に七世が付いているのだ。

ジョージ・ハンクス七世に挨拶をし終えた叔母はソファに陣取り、だらしなく寝転がった。

「あー、やっぱり我が家は最高だー！」

叔母にとっての我が家は、旦那さんと暮らす家でもなければ、永野家の本家でもないようだ。

「なんか、香ばしい匂いがする。遥香、何か作っていたの？」

「あ、うん。せんべいを作っていたの」

「また、何日もかけて？」

「ううん。お祖母《ばあ》ちゃんから習った、ごはんから作る簡単なやつだよ」

たくさんあるので、叔母にもおすそ分けする。もちろん、緑茶を添えるのも忘れない。

「ありがとう。小腹が空《す》いていたんだよねー」

叔母はそう言って、サクラエビのせんべいを頬張る。

「んんー！　おいしい！　やっぱり、遥香のお菓子は最高だわ」

他にも、お菓子を出してあげる。

「お饅頭《まんじゅう》に、カステラ、金平糖《こんぺいとう》にわたあめ――――！」

叔母はお菓子を食べ、幸せそうにしていた。

「はー、やっぱり、日本のお菓子はおいしい」

海外を転々とする間、叔母はお菓子を各国のスーパーなどで買って食べていたようだ。

「海外のお菓子は、独特だったわ」

「どんなお菓子があったの？」

「アメリカでは原色の青と黄色、赤の信号機カラーのクリームが絞られたカップケーキがあったわ。おいしいからって、現地のスタッフから勧められたんだけれど、体が食べることを拒否してしまって、困った瞬間が何回もあったの」

信号機カラーは食べ物ではなく、雑貨に使うようなカラーリングだと叔母はぼやく。思わず笑ってしまったが、笑い事ではないと真剣に返されてしまった。

「他には、レンガみたいに固くて大きなチョコレートだったり、歯にくっついて取れないキャラメルだったり、七色のコーンフレークだったり。どれもこれも、試練だったわ」

けれど、叔母の口に合うお菓子もあったという。

「一番おいしかったのは、アップルパイね。焼きたてに、アイスクリームが添えられていたんだけれど、生地はサクサクで、バターの風味が豊かに感じられて、本当においしかった」

アップルパイはアメリカの家庭ではよく作られるお菓子らしい。招かれた家で食べたようだが、絶品だったのだとか。

「本場のママの味っていうの？　あー、思い出したら、食べたくなってきた！」

「そんなにおいしかったんだ」

「そう。あ！　作り方を習ってきたから、遥香、今度作ってみてよ」

そんなにおいしいのならば、とても興味がある。叔母はレシピのメモを財布から取り出して、私にくれた。

メモを見た瞬間、ギョッとしてしまう。

「織莉子ちゃん。これ、全部英語じゃん！」

「だって、英語で教えてくれたから。特別難しいことは書いていないから、わかるでしょう？」

「うう……！」

続けて、イギリスで食べたお菓子について教えてくれた。

「イギリスのお菓子はなかなかおいしかったけれど、小麦粉物が多すぎて、口の中がパッサパッサになるの。それで紅茶をがぶ飲みしていると、お腹《なか》が満たされて苦しくなる感じ」

代表的なものは、スコーンだろう。日本で食べるスコーンとは比べものにならないくらいおいしかったようだが、数あるお菓子の中でスコーンがもっとも口の中の水分を持っていくという。

「イギリス人は、紅茶をたくさん飲むために、スコーンを食べているんじゃないの？」

「そこまでなんだ」

他にも、ドライフルーツを練りパイで包んだ『ミンスパイ』に、分厚いビスケットにオレンジのスライスを載せてチョコレートでコーティングした『ジャファケーキ』、サクサク、ホロホロ食感の『ショートブレッド』、ケーキにジャムを挟んだ『ビクトリア・スポンジケーキ』などなど。確かに、小麦粉を使ったお菓子が多い。

「小麦粉不使用のお菓子もあるにはあるんだけれど、けっこう独特だったわ。ミルクで白米をドロドロになるまで煮込んで、上からシナモンパウダーを振りかけた『ライス・プディング』は、口に入れた瞬間拒絶反応があったわね。それから、キャラメルみたいなソフトキャンディ『ファッジ』は、頭が痛くなるほど甘かったし。甘いといったら、チョコレートも日本のものよりずっと甘いわ。疲れている日には、いいかもしれないけれど、軽い気持ちでチョコレートが食べたいと思うときに手を出したらダメなやつだから、気を付けて」

叔母はイギリス菓子の熱いレビューを語り終えたあと、お饅頭を頬張る。切なそうに「やっぱり、日本のお菓子最高」と呟《つぶや》いていた。

アメリカのお菓子は、家庭で作られている伝統的なお菓子はおいしい。原色のお菓子には注意。イギリスは、小麦粉を使ったお菓子には間違いがない。ただ、それ以外のお菓子には注意しろ、ということだろう。今後、海外旅行の予定はまったくないが、覚えておいて損はないだろう。

「ケニアのお菓子はどんなものがあるの？」

「そうね――」

叔母は、遠い目になる。ケニアの地を思い出しているのか。

「ケニアは輸入菓子がほとんどかしら？　ケニア産のものは、ナッツ類が多くある印象ね。とにかく、安いのよ。お菓子がひと箱三十円とか。日本で言う、駄菓子みたいなものかもしれないけれど」

ケニアは紅茶の産地で、紅茶を使ったお菓子がおいしかったようだ。

「紅茶のケーキが、お気に入りだったわ」

ココナッツミルク入りの、なめらかな味わいのケーキだったらしい。コーヒーも有名で、どこのお店もおいしかったと。

「生まれ育った国のお菓子が一番ね。日本にきた外国人も、同じことを思っているだろうけれど」

それはそうだろう。日本のお菓子でさえ、「なんだこりゃ」と口にしてしまうものだってあるし。

世界中のお菓子文化は、現地で大事に守られている。それに対してあれこれ言うのは、野暮《やぼ》というものだろう。

「おいしい日本のお菓子を貪り食べながら、映画とドラマ漬けのお休みを過ごしてやるー！」

どうやら、長期休暇を取ったらしい。半月ほど、ゆっくり休めるようだ。インタビューや雑誌の連載などもあったようだが、日本でだらだら過ごすために飛行機にパソコンを持ち込んで済ませてきたという。

「便利な世の中よね。インタビューはチャット形式でできるし、原稿もパソコンでちゃちゃっとできるから」

どうやら、飛行機の中でさえ休まずに仕事をしていたらしい。そのため、いつもよりお疲れというわけなのだろう。

叔母はいそいそとタブレットを取り出して、映画配信サイトを見ている。

「映画といえば、スナック菓子よね。ネットスーパーで頼もうかな」

「織莉子ちゃん、すぐ目の前にスーパーはあるよ？」

「週刊誌で、永野織莉子、旦那と別居し、スーパーでスナック菓子ドカ買い、なんて報道されたら困るでしょう？」

「それは確かに」

バラエティやドラマをあまり見ないので、叔母が芸能人であることをたまに忘れてしまう。なんというか、大変だ。スーパーで買い物もできないなんて。

「言ってくれたら、買ってくるけれど」

「んー、大丈夫。今、どんなお菓子があるかわからないから、スーパーのサイトで見ながら買うわ」

「そっか」

最近のネットスーパーは進化している。人込みやレジの列を気にすることなく買い物ができて、お肉や魚などの生鮮品も届けてもらえる。頼んだものは当日受け取れるので、忙しい人には神の助けのようなサービスだろう。最寄りの店舗から配達されるため、送料も数百円と安い。

「遥香は、ネットスーパーよりもスーパーに行って見て買うのが好きなんでしょう？」

「うん、まあね。野菜も、一つ一つ形や艶が違うし。いろいろ見て回るのは楽しいしね。新商品のお菓子との出会いがあったり、試食コーナーで思いがけないおいしいものと出会ったりするから」

「そんな話を聞いていたら、なんかスーパーに行きたくなったかも！」

「報道されたら、イメージダウンしちゃうでしょう？」

「姪《めい》っ子《こ》と仲良し！　みたいな報道だったら大歓迎だけれど」

「姪っ子と仲良し報道って……」

ここで、叔母がむくりと起き上がり、鋭い目で私を見る。

「そういえば遥香、彼氏とか、できたんじゃないよね？」

「へ、なんで？」

「なんか、前と比べて小綺麗《こぎれい》になっているような気がするから」

思わず、乾いた笑いを発してしまう。小綺麗になったのは、長谷川係長がやってきて会社の女性陣の美意識が高まった結果、悪目立ちしないように私も美容関係に気を付け始めたからだろう。

先日も同期の子に、「なんか綺麗になった!?」なんて驚かれた。うちの課周辺に所属している女性社員はイケメン上司の異動を機に、もれなく全員美しくなっている仕様ですと答えるしかなかったが。

「遥香！　いい人なら、私が紹介するから。あなたはぼーっとしているところがあるから、悪い男に引っかかっていないか、心配なの！」

悪い男と聞いて、ふと長谷川係長の顔が思い浮かぶ。

「やっぱり、悪い男と付き合っているのね!?　会わせなさい!!　私が、一刀両断してやるから!!」

そう言って鞄から取り出したのは、刃のない刀の持ち手である。これは叔母が怪異退治に使う媒体だ。叔母が呪文を口にすると、人には見えない白銀の刃が出現するのだ。

永野家に伝わる、『素波銀濤《そはぎんとう》』と呼ばれるものである。

本来ならば、当主が使うような強力な媒体だが、現在の永野家で使いこなせる人は叔母のみ。

叔母が使うことを祖父や伯父などは最初、反対していたが、義彦《よしひこ》叔父さんの「使える人がいるならば、使ったほうがいいんじゃない？」という鶴の一声により、叔母に託されたのだ。

義彦叔父さんはああ見えて、祖父や伯父から可愛がられているらしい。世渡りが上手いタイプだと言えばいいのか。

素波銀濤はかつて、鬼をも斬り裂いたという伝説も残っているのだとか。日本にある、貴重な鬼殺しの一振りだと。

そういえば、叔母は『東京で警戒するべき陰陽師の一覧』に入っていると、長谷川係長が話していたような。絶対に、二人を会わせないようにしなければ。

「まあ、これを使うのは冗談として。陰陽師の仕事が入ってしまったのよね。ちゃっちゃとやっつけたいわ」

「陰陽師の仕事って？」

聞いた瞬間、叔母は眉間に皺《しわ》を寄せ、深いため息を零《こぼ》す。

「本当は言ったらダメなんだけれど。知らなかったら巻き込まれる可能性もあるから――」

もう一度叔母はため息をつき、陰陽師としての仕事について教えてくれた。

「どうやら、浅草の町に、鬼が入り込んだようなの」

ゾッとした瞬間、ピンポーンとチャイムが鳴った。跳び上がるほど驚いてしまう。

「あ、コンシェルジュさんかもしれないわ」

なんでも、海外から荷物が届いたら、知らせるように頼んでいたらしい。叔母は玄関へ走っていく。

ぼーっとしていたら、ジョージ・ハンクス七世が心配そうに問いかけてきた。

『おい、遥香。あいつだったらどうするんだよ！』

「あいつ？」

『長谷川だ』

「あ!!」

訪問者が長谷川係長である可能性を、すっかり失念していた。慌てて玄関を映し出すディスプレイを覗き込む。

長谷川係長の姿が映っていて、悲鳴を上げそうになった。同時に、叔母が扉を開く。足が竦《すく》んで、玄関に駆け寄れない。ただただ、ディスプレイを通じて二人の様子を眺めることしかできなかった。

叔母は、当然初対面であるはずの長谷川係長に向かって叫んだ。

「あなた、誰!?」

激しい問いかけに、長谷川係長は顔色を変えることなく答えた。

「遥香さんと親しくさせていただいている、隣の部屋の者ですが」

一瞬、目眩《めまい》を覚えた。五秒くらい、意識を失っていたような気もする。

終わった――と思った。叔母が素波銀濤で長谷川係長を一刀両断し、バッドエンド。なんて考えていたが、叔母の次なる一言は、完全に想定外であった。

「遥香との交際を、許した覚えはありません!!」

そう叫んで、扉をバタンと閉める。ディスプレイに映る長谷川係長は、なぜかニヤリと笑っていた。

いや、その不敵な笑いはなんなのか。少しの間、部屋の前にいたようだが、踵を返していなくなった。

「遥香――!!」

続いて、叔母の襲撃に遭う。

「遥香、さっきの男、誰なの!?」

「え、えっと……!」

京都からやってきた鬼だなんて、言えるわけがない。動揺してしまい、言葉を探すが、鬼以外の説明が思いつかなかった。

「あの男、お借りしていた物です、なんて言って、私にお弁当箱を返してきたのよ!!」

これは――なんだ、アレだ。怪異の邪気祓いのお礼として作ったお弁当である。

長谷川係長は毎日、会社が邪気まみれで食欲が湧かないため、コンビニで買ったものを公園のベンチで食べている、という話を聞いたのだ。なんだか気の毒になって、会社で広げないことを条件にお弁当を渡していた。

最初は使い捨てのお弁当箱に詰めていたのだが、長谷川係長は「エコじゃない」とか言いだし、自分でお弁当箱を買ってきたのである。

毎日洗って返してくれるので地味に助かっていたが――まさか、叔母に返すなんて。さすが、鬼だ。やることなすこと、えげつない。人の心を持っているとは、とても思えなかった。

「それにしても、このお弁当、重みがあるわね。もしかして、あの人、遥香が作ったお弁当を、食べずに返してきたんじゃないの？」

ぶつくさ言いながら、叔母はお弁当箱の蓋を開く。

「な、何よ、これ!!」

なんと、驚いたことに、お弁当箱には浅草で行列ができるお店のどら焼きが入っていた。

「な、なんで、こんな粋なお返しが詰め込まれているの!?　海外からの帰宅後に食べたい和菓子トップスリーにランキングしているお菓子じゃない!!　しかも、白あんと黒あんが入っているわ!!」

「あの、どっちも食べていいよ」

「そういう問題じゃないから!!」

叔母と話をしているうちに、だんだんと落ち着いてきた。長谷川係長について説明すべき言葉も、浮かんでくる。

「あのね、織莉子ちゃん。さっきの人はお隣さんで、長谷川さんっていうんだけれど、会社の上司なの」

「は? 遥香。あなた、どうして会社の上司に、お弁当なんて作っているのよ」

「えっと、その、彼は京都の陰陽師一家だった、長谷川家の人で、怪異の邪気祓いを、手伝ってもらっているんだ。それで、お礼として、お弁当やお菓子を作っているの」

「京都の、長谷川家、ですって?」

「そ、そう」

どうやら、叔母は長谷川係長の実家を知っているらしい。なんでも、その昔は有名な陰陽師一家だったようだ。

「ふぅん、長谷川家の人だったのね」

ようやく、叔母の眉間の皺が解《ほぐ》れた。盛大なため息をつきつつ、どっかりとソファに腰掛ける。そして、お弁当の中にあったどら焼きを摑んで食べ始めた。

「悔しいけれど、ものすごくおいしい……!　あの男、私が、このお店のどら焼きが好きって、知っていたんじゃないわよね……!?」

「いや、織莉子ちゃんが帰ってきていることすら、知らなかったと思うよ？」

「わからないわ。壁にガラスのコップを当てて、遥香の部屋の生活音を盗み聞きしているかもしれないし」

「いや、そんな昭和チックな盗聴なんてしているわけないから」

「悪かったわね。昭和チックな想像しかできなくて！」

「それにここのマンション、防音壁だし」

叔母のせいで、ガラスコップで盗聴している長谷川係長の姿を想像してしまった。笑いそうになったが、叔母に睨まれていたので奥歯を噛《か》みしめ我慢する。

「それはそうと、あの隣に住んでいる男、顔がよすぎるから、絶対に遊んでいるに違いないわ。遥香、あなた、騙《だま》されているのよ！　早く、別れなさい！」

「騙されるも何も、付き合っていないから」

「隠さなくてもいいのよ」

「誤解だって」

なんというか、ヒヤヒヤしていたが、叔母は長谷川係長が鬼だとは気付いていないようだ。

もしも鬼だと気付いたら、素波銀濤で両断していたに違いない。それほど、叔母は怪異に容赦ない。父曰く、一族の中でもっとも残酷だと。

もしも、叔母が本気を出したら、私は止めることができないだろう。

長谷川係長も、以前から叔母の存在を警戒していた。

会社では鬼の気配をぷんぷん匂わせている長谷川係長だが、マンションにいるときはごくごく普通の人だ。マンションで会うだけだったら、バレないのかもしれない。

「それにしても、長谷川家か。明治時代にはきっぱり陰陽師業を辞めた一族の一員が、どうして遥香に協力してくれるの？」

「そ、それは、話せば長いのだけれど……」

私があまりにもへっぽこなので、長谷川係長が怪異を倒してくれたのだ。

「陰陽師を廃業しても、呪術は代々受け継いでいるのね」

「あ、うん。まあ、そうだね」

実は、長谷川係長が呪術を使っているところは一度も目撃していない。殴る、蹴る、踏みつけるなどの物理的攻撃で倒していた。もしかしたら使えるのかもしれないけれど、私が聞いてもきっと答えてくれないだろう。

なんとなく、陰陽師として未熟だと思われている感をヒシヒシと感じている。

「そういえば遥香。あなた、あの甘味祓い？　みたいなの、今も続けているんじゃないよね？」

「続けている、けれど？」

「あれ、意味ないから。怪異は倒さないと、どんどん邪気を集めて、悪さをするの。わかってる？」

「でも、怪異にも、いい子と悪い子がいるし、区別しないで退治するのは、よくないかな、と」

「甘い！　悠長なことをしていたら、こっちがやられるのよ？　陰陽師の仕事は、幼稚園児のごっこ遊びじゃないんだからね！」

　叔母の言葉の一つ一つが、私の胸に突き刺さる。

「もしも、遥香が命を落としたら、悲しむ人達がたくさんいるんだから」

　瞳をウルウルさせ、叔母は訴える。私が憎くて言っているのではなく、心の底から心配してくれているのだろう。

　私がやっているのは、所詮《しょせん》綺麗事である。平安時代の怪異だったら、私はあっという間に取り憑かれて、死んでいるだろう。

「織莉子ちゃん、ごめんなさい。反省している。でも、これは譲れないところでもあるの。私の、陰陽師としてのスタンスでもあるから」

「遥香は、変なところで頑固なのよね」

「本当に、ごめんなさい」

叔母は長い髪をかき上げ、深いため息をついていた。

しばし、沈黙が流れる。疲れて帰ってきているだろうに、心労をかけてしまうのは申し訳なくなってしまう。

「長谷川さんは、遥香の活動について、なんて言っているの？」

「織莉子ちゃんと同じ。甘ったれた考えだって、言われちゃった」

「それでも、あなたの甘ったれた活動に、付き合ってくれているの？」

「うん」

「そう。だったら、ちょっと安心した。ねえ、遥香、一つ、約束して」

「な、何を？」

「長谷川さんがいるとき以外では、甘味祓いを使わないで。怪異は見つけ次第、祓ってほしいの」

怪異退治のときに、常に長谷川係長がいるとは限らない。けれど、ここは私も譲歩しないといけないだろう。

「わかった。もう二度と、一人で甘味祓いはしないから」

「約束ね？」

「うん、約束」

久しぶりに、指切りげんまんをする。

「遥香。あなた、怪異退治の呪術は知っているの？」

「知っているには知っているのだけれど、あまり得意じゃなくて……。あ、そうだ！」

叔母を安心させるために、義彦叔父さんから預かっている媒体を紹介した。

「織莉子ちゃん、これ――」

「えっ、それって、マジカル・シューティングスターじゃない!?」

「あ、うん。そうなんだけれど、知っているんだ」

「知っているも何も、私、ずっとこれを使いたいって義彦兄さんに訴えていたのに」

「そ、そうだったんだ」

「なんで遥香が持っているの？」

「義彦叔父さんが、私に預けてくれたんだ」

「えー！」

子ども向けアニメに出てきそうな魔法のステッキ状の媒体は、叔母の憧れの品だったようだ。

「私もごつい刀より、可愛いステッキのほうがよかったのにな」

「でも、織莉子ちゃんの刀、とってもカッコイイと思うけれど」

「まあ、この年になったら、魔法のステッキよりも、刀状の媒体のほうがいいけれど」

一見すると新しく思えるが百年以上も歴史がある、強力な媒体らしい。陰陽師の間でも、有名な媒体なのだとか。

「もしものときは、これで怪異をどうにかするから」

「お願いね」

「約束します」

これにて、仲直りだ。帰宅早々、叔母と言い合いをしてしまうなんて。滅多《めった》に、怒ることなんてないのに。

これも、空気を読まないで叔母に挨拶した長谷川係長のせいだろう。

お昼はチャーハンと中華風スープを叔母にふるまい、夕方には買い物にでかけた。

結局、叔母は私についてきて、お菓子コーナーでスナック菓子を吟味している。どでかいサングラスをかけているので、タレントの永野織莉子だとはバレていないだろう。しかし、その辺の一般人とは佇まいが異なるので、スーパーの中でめちゃくちゃ目立っていた。

夜は、奮発してステーキ。叔母が焼いてくれたのだ。絶妙な焼き加減で、赤ワインのソースとの相性は最強。ペロリと、一枚食べきってしまった。

「お風呂に入ってスキンケアをしたし、見たかった映画も見られたし、あとはSNSを更新して眠るだけだー」

「織莉子ちゃん、家に帰らなくていいの？」

「ん、実家に？」

「ううん、叔父さんのところに」

「あー、いいの。最近、茶道の稽古でバタバタしているから、私がいないほうが気楽だと思って。今度、お茶会があるみたいなの」

「そうだったんだ」

叔父は茶道家としても活動している。会社員をしながらだと、いろいろと大変なようだ。

叔母と叔父の出会いは、お茶会の席だったらしい。叔父のお茶を飲んで感激し、声をかけたのが付き合いのきっかけだったそうだ。

素敵な話であるが、デリカシーのない祖父や伯父達は「織莉子のナンパ婚だ」なんて触れ回っている。もちろん、叔母の前では絶対に言わないが。

親族は皆、義彦叔父さんは可愛がっているが、叔母のことは恐れているのだろう。なんたって、叔母は永野家最強の陰陽師である。当主である祖父が倒せなかった怪異も、叔母は一撃で倒してしまったのだ。頭が上がらないと思いつつも、どこか面白くない部分もあるのかもしれない。

「そうだ。お茶会、遥香も来なよ」

「えー。茶道の作法なんて、忘れちゃったよ」

「大丈夫だって。茶道をたしなむ人達の家族を招く、カジュアルなお茶会らしいの。作法をチェックする人なんて、いないからさ」

茶道は格式高く、気軽にできるものではない。そんなイメージを払拭するために、誰もが楽しめるお茶会を開くらしい。

「その辺のカフェでお茶するような気持ちで、参加してほしいんだって」

「そんなことを言われても」

茶室の厳格な雰囲気の中で、カフェ気分でお茶なんか飲めるわけがない。

「でも、何年かお茶を習っていたでしょう？」

「うっ……！　そうなんだけれど」

茶道を習っていたのは、中学生から高校生のときまで。着物姿で茶道の稽古に通う叔母があまりにも素敵だったので、両親に頼み込んで習うことになったのだ。

しかしながら不思議なことに、マスターしたぞ！　という実感が湧きにくい習い事である。とにかく覚えることが多くて、ワタワタした時間を過ごしていたような気がする。

着物も毎回着ていくのが面倒になって、ずっと制服で通っていた。中学から高校のときは制服があったから誤魔化《ごまか》せたけれど、今はそういうわけにもいかないだろう。

「それに、着物も持っていないし」

「私の貸すよ」

「いや、織莉子ちゃんの着物、派手だから似合わないかも？」

「地味なのもあるから」

なんていうか、強い。絶対にお茶会に参加しろという、圧を感じる。これは行かなければならない流れだろう。

「わかった。じゃあ、着物、借りようかな。小物は自分で買うから」

「だったら、明日買いに行きましょう。いいお店を知っているの」

叔母が着物のクリーニングを頼んでいるお店らしい。そこでは、着物の小物を売っていたり、着物を作ったり、着付けを行ったりしているようだ。

「へえ、着物の総合デパート的なお店なんだ」

「そうなの。昔は、着物を作る和裁屋さんと、着物のクリーニングや修繕をする悉皆《しっかい》屋さんは別々の業種だったんだけれどね。今、着物業界の勢いは落ち込んでいるから、着物関連の業務を一気にまとめて、いろんなサービスをやったらどうかと閃《ひらめ》いて開いた珍しいお店みたい」

「なるほど」

呉服屋さんは近所にあるようで、着物の生地は取り扱っていないらしい。ただ、上手く連携しているようで、反物の見本もいくつか店頭に置いているようだ。

「着物、いくつかお店に預けているから、明日、着物を見ながら小物を選びましょう」

「着物の保管まで、請け負ってくれるんだ」

「まあね。ちょっとお高いけれど、家で管理するといつの間にか虫食いしていたり、カビていたりするからね」

「修繕を考えたら、安いのかな？」

「そうそう」

そんなわけで、明日は叔母と二人で着物屋さんに行くことに決まった。

ちなみに、お店の名前は『浅草和裁工房　花色衣《はないろころも》』というらしい。なんとも雰囲気のあるお名前だ。

◇　◇　◇

翌日――十時ぴったりに家を出る。外は蒸し暑い。そろそろ、梅雨のシーズンに入るのだろう。天気予報では一日中曇りだったが、念のため鞄に折りたたみ傘を忍ばせておく。

「しかし、こんな蒸し暑い梅雨のシーズンに、着物を着なくても……」

「茶道家は一年中着物だからね」

叔父は着物が濡れないよう、雨の日は信じられないくらい大きな傘をさしてお稽古に行っているらしい。小学生のときから続けているというので、茶道は生活の一部となっているのだろう。

「小学生の頃からしていても、お稽古が必要なんだね」

「ええ。茶道は、日々勉強だと言っていたわ」

私が六年通っていても、身についた気がしなかったのも無理はないのだろう。がっくりうな垂れてしまう。

バス停からバスに乗り込み、目的地に向かう。

「日曜日だから、浅草寺《せんそうじ》周辺は観光客で溢《あふ》れているだろうね」

「タクシーで直接お店に向かえばよかったわ」

「バスの倍以上の金額がかかるから！」

すぐ、叔母はお金を使おうとするので、私が目を光らせておかなければならない。

祖母が言っていたのだ。就職して、給料が上がるような地位になっても、生活水準を上げてはいけないと。

上げるのは簡単だが、上げたものを下げるのはとんでもなく大変らしい。

会社員時代の叔母は節約家で、バスや徒歩で行ける場所であればタクシーなんて使っていなかった。

今は、芸能人として成功しているかもしれないが、将来の保証なんてない。だからたまに、こうして庶民の感覚を叩《たた》き込《こ》んでいるのだ。

「織莉子ちゃん、次のバス停で降りるよ」

「はいはい」

叔母と二人、浅草の一等地を歩く。銀座線浅草駅から徒歩圏内に、花色衣はあるらしい。

雷門からすぐの通りなので、大いに賑《にぎ》わっている。叔母はうんざりしながらぼやいた。

「いつ来ても、この辺の人混みはイヤになる。ケニアの壮大な自然が懐かしいわ」

「ケニアと比べたら、人が密集し過ぎているかもね」

すっかり足取りが重たくなってしまった叔母の腕を引きつつ、人と人の間を縫うように歩いて目的地へと到着する。

お店は表通りではなく、路地裏を入った先にひっそりと佇んでいた。

外観は京都によくある町家みたいな純和風で、ガラスのディスプレイがあった。そこには、真夏の海を思わせるコバルトブルーの生地に、白波の模様が描かれた着物が飾られていた。ひと目見ただけで、夏休みの楽しかった記憶が甦《よみがえ》る。

「あれ、でもなんで、海の柄なの？　ずいぶん早くない？」

もうそろそろ梅雨のシーズンにさしかかる。紫陽花《あじさい》や花菖蒲《はなしょうぶ》の柄が合っているのではないか。そんな疑問を口にする。

「着物の世界では、季節を先取りした着物を着るのがオシャレなの」

「えー、そうなんだ！」

綺麗だから着るというだけではなく、季節を先取った風流な着こなしをしなければならないようだ。

「梅雨のシーズンって、海の他にどんな柄が相応しいの？」

「百合《ゆり》、アザミ、笹《ささ》、牡丹《ぼたん》。変わっている柄だと、虫とか」

「む、虫!?」

「スズムシとか、コオロギとか、夏の夜長に鳴いているでしょう？」

マンション育ちの私はピンとこないが、自然豊かな土地の夏の夜は、虫の大合唱が聞こえるらしい。

「季節を先取りか。でも、なんか趣を感じるのもわかるかも。この海をイメージした着物を見ていたら、夏の楽しい行楽を思い出すもん」

「でしょう？　もしも、これを夏に見ても、真夏の海は暑そうだな、としか思わないし」

「うんうん！」

「私が目撃したオシャレな着物は、春先に見かけた雨の着物かな。雨雲の帯に、カエルの帯留めを付けていたんだよね」

「可愛いかも！」

「でしょう？　なんか、しとしと静かに降る雨っていいよなーって、着物を見ながら感じたんだよね。でも、梅雨の時期だったら、絶対に思わないから」

梅雨の時期は紫陽花も雨も、目にする機会は多くなるだろう。そのときに、着物の柄として見ても、何も思わないかもしれない。季節を先取りするからこそ、行く先々で美しく映えるのだろう。

「着物の季節の先取りって、素敵だね」

「そうなの！　わかってくれて嬉しいわ」

ちなみに、茶道をするときには、時計や帯留め、根付けなどを身に着けないほうがいい。これらの品々が、茶器を欠いたり傷つけたりする可能性があるからなんだとか。

また、ネイルを施したり、長い爪のまま参加したりするのも厳禁。すばらしい漆塗を引《ひ》っ掻《か》いてしまう可能性があるので、止めたほうがいいようだ。

「アクセサリーやネイルについては、茶道における厳格な決まりというよりも、参加者の心配りと言ったほうがいいかもしれないわね」

「なるほど」

話が途切れたタイミングで、お店の扉が開かれる。ひょっこりと顔を出したのは、三十前後の眼鏡をかけた着物男子だった。

「永野様、いらっしゃいませ」

「八月一日《ほづみ》さん、お久しぶり！」

眼鏡の店員さんは、八月一日と書いて「ほづみ」と読むらしい。非常に珍しい漢字だ。八月一日さんはこのお店の和裁士で、着物を作る職人さんらしい。着物の修繕や、クリーニングの仕事を行うときもあるようだ。着物のエキスパートと言うわけである。

「先日は、すばらしいお品をいただきまして、ありがとうございました」

「いえいえ」

続けて、叔母は「結婚おめでとう！」と祝福する。どうやら、最近結婚したらしい。おめでたいことだ。

「そうそう。八月一日さん、この子が、姪の遥香なの」

「ああ、噂《うわさ》の！」

にこにこ微笑みながら、丁寧に会釈される。いったい叔母は、私について何を話していたというのか。

「遥香の成人式のときは、悔しかったわ。ごめんなさいね、花色衣さんで作れなくて」

「いえいえ、お見せいただいた成人式のお着物、大変素敵でしたよ」

話についていけず、「どういうこと？」と会話に割って入ってしまう。

「遥香の成人式の着物、花色衣さんで作りたかったんだけれど、お義姉《ねえ》さんが地元の呉服店で買って、知り合いの和裁士さんに頼みたいって言ってね。私も、遥香の着物を選んで、花色衣さんで仕立てさせてくれー！　って涙を流しながら訴えたんだけれど、お義姉さんはダメだって聞かなくてね」

「そ、そんなことがあったんだ」

「着物代と仕立て代、着付け代に美容代、それから写真館での撮影代も払うって訴えたんだけれど、そういう問題ではないって、怒られてしまって」

成人式の着物を巡る騒ぎが発生していたとは、まったく知らなかった。

それだけではなく、成人式に撮った写真を見せていたなんて。がっくりうな垂れてしまう。孫を自慢するお祖母ちゃんかと、突っ込みたくなった。

「目に入れても痛くない、姪っ子さんなんですよね？」

「そうなの！ すっごく可愛いでしょう⁉」

叔母は私をぎゅうっと抱きしめ、八月一日さんに自慢する。小さな子どもならまだしも、私はもう二十五歳だ。

「織莉子ちゃん、私、可愛いって言ってもらえる時代はとっくの昔に終わっているから」

「そんなことないって。遥香はいつもいつまでも可愛いんだから！ きっと、おばさん、おばあさんになっても、可愛いに決まっている！」

叔母の深い愛を受け止めきれず、思わず曇った空を見上げてしまう。私の困惑に、八月一日さんは気付いたのだろう。ある話をしてくれた。

「家族って、そういうものみたいですよ。この前も、八十代のお客様が、息子さんを連れてきたのですが、子どもの着物を作ってほしいとおっしゃって」

当然ながら、息子さんは「子どもじゃないだろう」と苦言を呈したのだとか。すると、母親のほうは「着物も一人で買えない子どもが、大人なわけあるか！」と憤っていたらしい。

なんというか、喧嘩《けんか》をするほど仲がいい、というやつなのだろう。

「親にとっては、何歳になっても可愛い子ども、という感覚なんでしょうね。微笑ましいお話です」

「そ、そうなのですね」

叔母のスキンシップも、私が三十歳になればしなくなるかも、と考えていた。しかし八月一日さんの言い分が正しければ、叔母は一生私を猫可愛《ねこかわい》がりするのだろう。

まあ、別に嫌ではないのだけれど。

「すみません、立ち話が長くなってしまって。どうぞ、店の中に」

誘われるがまま、花色衣の店内へ踏み入れる。

中はそこまで広くない。海の柄の着物が立て掛けてあるところは、一段上がった畳の座敷になっていて、ここで着物を広げるのだろうか。壁にズラリと積み上がった棚には、反物や小物がオシャレに飾られていた。

店の奥から若い女性が出てきて、お茶と茶菓子をふるまってくれる。

「どうぞ、召し上がってください」

「これはこれは、ご丁寧に。いただきます」

清流の絵柄の湯呑《ゆの》みに注がれた緑茶と、豆大福が小さなお皿にちょこんと載っていた。女性と八月一日さんが店の奥に引っ込むと、叔母は豆大福をお皿ごと持ち上げて嬉しそうに言った。

「いいわね、豆大福。今から鬼退治をするのに、相応しい和菓子だわ」

叔母の目的を思い出し、ゾッとしてしまう。そうだったのだ。叔母は、マンションで映画を見ながらダラダラ過ごす目的で帰ってきたのではない。鬼退治をするために、長期休暇を取っていたのだ。

鬼から意識を遠ざけるために、別の話題を振る。

「織莉子ちゃん、その昔は、この大福も贅沢品だったんだよね？」

「え、そうなの？」

ここ最近、ハムスター的なシルエットとして人気の豆大福も、歴史は古い。

その昔、塩味の餅を丸めた『腹太餅』と呼ばれるものがあったらしい。腹持ちがいいことから、命名されたのだとか。

そんな腹太餅に変化があったのは、江戸時代。餅に砂糖を混ぜてあんこを包んで丸めたものを、『大腹餅《だいふく》』と名付けた。以降、さまざまな大福が各地で誕生し、その中で餅に赤エンドウを入れて捏ねた豆大福も生まれた。

豆は、魔滅《まめ》とも書く。魔を滅する意味合いがあるために、節分のときには豆まきをするのだろう。

当然、豆を使って作った豆大福にも魔を滅する力が込められている。叔母は鬼退治を想定しているのか、一撃でやっつけるように一口で豆大福を食べていた。

「へえ、大福にそんな歴史があったのね」

「そうみたい」

　ひと息ついたところで、八月一日さんが戻ってくる。

「永野様、今回は、どういったご用件でしょうか？」

「お茶会に着ていく着物をこの子に貸してあげようと思って。それで、小物は自分で揃《そろ》えたいみたいだから、見立ててくれないかしら？」

「かしこまりました。それでは、ご用意いたしますね」

　叔母の着物を運んでくると思いきや、八月一日さんは大きめのタブレットを持ってきた。

「六月でしたら、この辺りですね」

「ありがとう」

　なんと、叔母が預けた着物を写真に撮り、データにしてまとめているようだ。これならば、いちいち出さなくても気軽に選べるだろう。

「わあ、これ、便利ですね」

「ええ。お店が狭いもので、いちいち広げるとなると、お客様が座るスペースもなくなってしまいますので、苦肉の策ですね」

なんでも、八月一日さんの奥様のアイデアらしい。出版社勤めをしている奥様が、休日に取材などで集めた資料を電子化しているのを見ているうちに、お店でも使ってみようと思ったのだとか。

タブレットの着物データを、一つ一つ確認していく。その中で気になったのは、ほわほわとした赤い花が描かれた着物だった。

「あ、これ、綺麗！」

「それ、私も気に入っていたの。なかなかいいでしょう？」

薄いピンクの生地に赤い花が、ほんのり色付いている。写真でこれだけ美しいのだから、実物はもっと綺麗なのだろう。

「遥香、このアザミの着物にする？　訪問着だし季節的にも、ぴったりだから」

アザミというのは、春から夏にかけて花を咲かせるらしい。お店で売っている花というよりは、田んぼのあぜ道にひっそりと咲いているような花なのだとか。

それを聞いて、私にぴったりなのではと思ってしまう。

「でも、いいの？　織莉子ちゃんのお気に入りではないの？」

「私はこの前新しく仕立てた着物があるから、それを着るわ」

「ありがとう。だったら、お言葉に甘えて、アザミの着物にする」

着物が決まったら、八月一日さんは裏にある蔵からアザミの着物と帯を持ってきてくれた。

初夏に着物は暑いのでは？　と思ったが、冬の着物とは異なる作り方をしているらしい。

「こちらは単衣《ひとえ》といいまして、裏地がない、薄手の着物となっております」

着物を包んだ和紙が、ゆっくりと開かれる。

「わ……！」

生地は薄いピンクかと思っていたが、実際に見ると印象が異なる。薄紅梅《うすこうばい》という色らしい。

今風に洗練されていながらも、色合いから渋みを感じる一着である。アザミが昔ながらの日本の花という感じなので、そう見えるのだろう。

「それで決まりね」

「うん！」

帯も、着物に合わせて八月一日さんに選んでもらった。いろいろな話を聞いているうちに、着物を着るのが楽しみになってくる。

他に肌襦袢《はだじゅばん》に裾よけ、半衿《はんえり》、帯揚げ、帯締めに足袋、草履、手提げ鞄など、勧められるがままに揃えた。けっこうな金額になったが、たまには散財するのもいいだろう。浅草の経済は、この私、永野遥香が回す、くらいの気持ちで精算した。

「こちらの品々は、着物と一緒に後日お持ちしますね」

「ええ、お願い」

近場であれば、着物の配達までしているらしい。着物姿で車を運転している様子が、まったく想像できないが。

なぜか、人力車に乗って配達してくれる姿のほうが、しっくりくる。

「じゃあ、また後日に。奥さんにも、よろしく」

「はい」

奥さんのほうとは、着物雑誌のインタビューで知り合い、たまに連絡する仲のようだ。叔母の人脈の広さは、永野家イチだろう。

永野家の愛されっ子であり、アニメ業界で働いている義彦叔父さんの人脈も、広いのかもしれないけれど。

着物選びで満足したのか、帰りも大人しくバスに乗ってくれた。

「遥香、ここで降りよう」

「へ？」

　叔母が降りようと言ったのは、マンションの近くにあるバス停の一つ手前。意味や目的もわからないまま、下車してしまう。

「織莉子ちゃん、どうしたの？　もしかして、歩きたいの？」

「そんなわけないでしょう？　おいしいチョコレート屋さんができたから、足を運んでみようと思って」

「あ、そうだったんだ」

　バス停から歩くこと五分。この辺りは昔ながらの職人街があったり、イマドキなカフェがあったりと、趣が感じられながらもオシャレで洗練された街並みである。

「あ、あのお店！」

　そう叫んで叔母が指差したのは、思いがけないお店だった。大きな野点傘《のだて》が差してあり、その下に真っ赤な布がかけられた縁台が置かれている。店の佇まいは、和菓子店みたいだった。とても、チョコレートを売っているお店には見えない。

「え、ここでチョコレートを販売しているの――？」

　そう言った瞬間、ふんわりと風が吹いた。チョコレートの甘い匂いが、どこからともなく運ばれてくる。

「あ、チョコレートの匂いがする！」

お店に近づき看板を見上げた。そこには、『浅草ちょこれいと堂』と書かれている。

「オープンは一年半前くらいだったかしら？　SNSで話題になっていて、暇を見つけて行こうと思っていたのよね」

和風な佇まいだが、お抹茶やきなこなどの和のチョコレートを売っているわけではないらしい。浅草の町の外観を壊さないよう、和菓子屋さんの居抜き店舗を再利用する形で営業しているお店なのだとか。

「あとから知ったんだけれど、ここのオーナー、旦那の茶道の先生の師匠なの」

「茶道家の方が、チョコレートのお店を経営しているんだ。なんか意外な組み合わせかも！」

「驚きよね」

店内の様子を覗き込む。木目の壁に、床は石目調で、商品を並べるガラスケースがある。外見同様、和菓子屋さんといった感じだ。

しかし、一歩足を踏み入れると、チョコレートの甘い匂いの中に包まれる。

「いらっしゃいませ」

笑顔で声をかけてくれたのは、チョコレート色の髪に整った顔立ちをした長身の女性だった。

「ごゆっくり、お選びになってください」

一言だけ声をかけ、お店の奥へと引っ込んでいく。店員さんに見守られながら選ぶのは苦手なので、地味に助かった。

ガラスケースを覗き込んで驚く。オシャレなチョコレートが並んでいたから。

カラフルなチョコレートボンボンに、鳥の形を模《かたど》ったチョコレート、ドライオレンジにチョコレートを絡めたオランジェットなどなど。三十種類くらいのチョコレートが並んでいる。どれも美しい。造形にかなりこだわっているように見えた。

「どうしよう、選べない！」

「遥香、こういうときは、端から端まで全部ください！　って頼むのよ」

「全部は食べきれないから」

「私は決まったわ。あの、白鳥のチョコレートにする！」

叔母がそう呟いた瞬間、奥から先ほどの店員さんが出てきた。手には盆を持っていて、上にパレット状のチョコレートが置かれていた。

「あの、こちら、来月発売するハウスみかんを使ったチョコレートなんです。よろしかったらご試食ください」

「ありがとうございます」

オレンジとチョコレートはよく聞くが、みかんとチョコレートの組み合わせは合うのか。いただきますと言ってから、頬張った。

「──んん!?」

チョコレートはパリパリで、中から甘酸っぱいみかんのソースが溢れてくる。

みかんの酸味が、チョコレートの風味を際立たせているようだ。

チョコレートの味わいは濃厚だが、食べたあとはサッパリしていてクドさはまったく残らない。

「これ、とってもおいしいです」

「よかったです」

少し緊張していたのか表情は強《こわ》ばっていたが、私や叔母がおいしいと言った瞬間、淡く微笑む。

「不思議なチョコレートですね。食べている間は、チョコレートの風味を存分に味わえるのに、あと味は残らないなんて」

「冬に比べて、夏はあまりチョコレートを食べたいと思わないお客様もいらっしゃるようで、しつこくないチョコレートを作ってみたんです」

「なるほど！　おいしかったです。絶対、これからも買いにきますので！」

「ありがとうございます」

今度は、満面の笑みを見せてくれた。

「そのようにおっしゃっていただけると、作った甲斐《かい》があるというものです」

「作った……ていうことは、チョコレート職人さんなのですか？」

「はい」

チョコレート職人のことをなんと言うのか。考えていたら、叔母が「ショコラティエールね」と教えてくれた。

「まさか、ショコラティエールさんが、お店番をしているなんて、思いもせずに」

「小さなお店ですので、手が空いたら、店番もしているんです」

お客さんから話を聞いたり、接客したりすることが、新作のアイデアに繋《つな》がることもあるという。

「店員としては未熟なのですが、浅草にやってくる人達は皆さん優しくて、なんとかやっています」

未熟なんてとんでもない。笑顔で迎え、丁寧な接客をしてくれた。

こんなすてきなお店があるなんて、知らなかった。もっと、浅草について勉強しなければ。他にも、いいお店がたくさんあるのだろう。

「ちなみに商品の半分は、浅草にちなんだチョコレートなんです」

「もしかして、この白鳥のチョコレートも？」

「それは、えっと、白鷺《しらさぎ》でして——」

浅草寺で春と秋に奉納されている、『白鷺の舞』からインスパイアされて作ったものらしい。ちなみに『白鷺の舞』は千年以上も前から、悪疫退散を目的に奏演されているようだ。浅草に縁《ゆかり》があり、縁起がいいチョコレートを私も購入した。

「ありがとうございます。またのお越しを、お待ちしております」

外までやってきて、深々と頭を下げるショコラティエールさんに会釈を返す。

「なんか、いい感じのお店だったね」

「そうね。浅草の町に密着しているお店って、応援したくなるわ」

月に一度の、自分へのご褒美を買うのにうってつけのお店だろう。他のチョコレートも食べるのが楽しみだ。

その後、マンションまでの道のりをぶらぶら歩き、叔母行きつけのお店で天ぷら蕎麦《そば》をいただき、お腹を満たしてから帰宅した。

◇◇◇

翌日――早起きしてお弁当を用意する。昨日セットしていたごはんで、チキンライスを作った。それを、薄焼き卵でふんわり包み込む。ケチャップは食べる直前にかけられるよう、小袋を忍ばせておくのだ。

今日は、昨日作り直したサクラエビのせんべいも食品保存容器に入れて持って行く。デザートというには、風変わりかもしれないけれど。

土、日と叔母と過ごしたので、渡しに行けなかったのだ。

おかずは卵焼きとからあげ、タコさんウィンナーに野菜炒《いた》め。彩りにサラダを入れたいところだけれど、今の時季は菌が繁殖しやすいので止めておこう。長谷川係長が、お腹が痛くなって早退したら、申し訳なくなる。

弁当を詰め終えると、しばし冷ましておく。できたてアツアツのお弁当は、菌が繁殖しやすい温度となっているからだ。冷ましてから蓋を閉じると、お腹を壊すリスクを回避できる。

一応、念のためにお弁当の上に除菌シートを被せておいた。これも、菌の繁殖を防ぐためである。それ以外に、これがあると一日中持ち歩いたお弁当の蓋を開けたときに、臭いがしなくなった。ワサビの殺菌力がシートの中に込められているので、悪臭を防いでくれるのだろう。

ワサビに含まれる、『アリルイソチオシアネート』という成分に、カビや細菌の繁殖を抑制する効果があるようだ。

その昔は、ハランにおにぎりを包んで持っていっていたという。ハランというのは、お弁当に入っているバランに似た植物だ。漢字で書くと、葉蘭である。高級寿司店《すしてん》に行くと、お寿司の下に敷かれているアレだ。

ハランはお寿司の彩りを美しく見せるだけの飾りではなく、殺菌成分や防腐効果があるらしい。れっきとした、役割があるのだ。ちなみにプラスチックで作られた普通のバランには、殺菌効果や防腐効果はいっさいない。あれはただの飾りなので、注意してほしい。

一応、叔母の分もお弁当を作っておく。台所に置きっぱなしにせずに、冷蔵庫の中に入れておいたほうが安全だろう。

長谷川係長の分のお弁当には、邪気祓いの呪術をかけておく。気休め程度の効果しかないが、邪気を集めた体が楽になることを願って。

なんて考えていたら、叔母が起きてきた。

「遥香、おはよう」

「織莉子ちゃん、おはよう」

欠伸《あくび》をしながら、フラフラと台所に寄ってきたので、お弁当の紹介をしておいた。

「これ、織莉子ちゃんの分のお弁当。織莉子ちゃんが大好きな、オムライスが入っているから」

「嘘《うそ》！　私の分まで作ってくれたの？　ありがとう」

私を抱きしめ、幼子にするように頭を撫《な》でてくれる。こんなに喜んでくれるのであれば、作りがいがあるというもの。

「遥香のお弁当も、オムライスなの？」

「うん、そうだよ」

「お揃いだねー！」

無邪気な笑顔を見せていたが、お弁当がもう一つあるのに気付いて、表情が険しくなった。

「このお弁当、もしかして、お隣さんの分なの？」

「えっと、まあ」

「毎日作る必要はないいんじゃないの？」

「そ、それは……」

返答に困っていたら、叔母はお弁当が入った袋を覗き込んで驚愕《きょうがく》する。

「なっ！　お隣さんだけ、デザートがある！」

「いや、ただのせんべいだから」

「せんべい？　そういえば、土曜日に食べたサクラエビのせんべいって、お隣さんのために作った物だったの!?」

「え？　そうだけれど」

結局、サクラエビのせんべいは叔母が完食してしまったのだ。また作ればいいと思って、言わないでおいたのである。嘘をついてもすぐバレるので、そのことは素直に言っておいたほうがいい。叔母との長い付き合いの中で、学んだことである。

「遥香……そんなに、お隣さんが好きなんだね……」

「いやいや、好きじゃないから。お世話になっているから、いろいろ作っているだけで」

「無理しなくてもいいんだよ」

いきなり態度が軟化したが、どうしたのか。そう思った次の瞬間には、目がギラつく。

「この私が、遥香に相応しい者かどうか、確認するから!!」

「織莉子ちゃん、本当に、違うから……」

私の否定など聞きもせず、叔母は長谷川係長の部屋がある方向に向かって叫んだ。

「覚悟しておきなさい、長谷川――!!」

いくら叫んでも、意味はないだろう。このマンションは、全部屋防音壁だし。

そんな叔母のご機嫌は、冷凍庫に作り置きしていたホットケーキを解凍させたもので見事に回復した。非常に単純である。

私もホットケーキを堪能したかったが、それではお昼までお腹がもたないので、しっかりごはんをお腹に入れておかなくてはならない。インスタントのお味噌汁《みそしる》に、お弁当用に作った卵焼きとからあげをおかずにしてごはんを食べた。

叔母とのんびり朝食を楽しんでいたら、家を出る時間をとっくに過ぎていた。

長谷川係長へのお弁当は、一階にある郵便受けに入れることにしている。そのあと、メールを送っておくのだ。周囲の目が恐ろしいので、会社では直接渡さないようにしている。急いでお弁当を入れなければ。相棒であるジョージ・ハンクス七世も、いつでも呼び出せるように鞄にそっと入れていく。これで、準備は調った。

「じゃあ、織莉子ちゃん、行ってくるね！」

「マンションの外まで送っていくから」

「え、いいよ。顔バレしたら大変でしょう?」

「サングラスをかけていくから、大丈夫!」

朝からサングラスをかけて外出するなんて、逆に目立つだろう。けれど、好きにさせておく。

叔母はお弁当が嬉しかったのか、お弁当の歌を口ずさみながらエレベーターに向かう。ちょうど、エレベーターが閉まろうとしていたが、叔母が声をかけた。

「すみませーん。乗ります!」

エレベーターに駆け込み、待っていてくれた親切な男性に会釈した。

顔を上げると、よく見知った顔だった。長谷川係長である。

「あ、えっと、おはようございます」

「おはよう」

長谷川係長は律儀にも、叔母にも「おはようございます」と朝の挨拶をしていた。

叔母はムスッとしながらも、ぶっきらぼうに挨拶を返す。

一階まで降りる時間が、永遠のように感じられた。

マンションから出ようとしたところで、長谷川係長を引き留める。

「あの、長谷川係長、お弁当」

「ああ、今日も作ってくれたんだ」

「い、一応、お手伝いいただいたので」

「ありがとう」

長谷川係長は叔母がいても余裕綽々《しゃくしゃく》なのか、笑顔でお弁当を受け取った。

背後に佇む叔母の視線が、チクチク刺さっていた。

「織莉子ちゃん、あの、今度こそ、行ってくるね」

「その前に、お隣さんに言いたいことがあるの」

ズンズンと、叔母は大股で長谷川係長に近づく。そして、目を鋭くさせながら話しかける。

「長谷川さん。今度、夫が弟子入りしている先生が、お茶会を開くの。よかったら、あなたも参加しない？」

突然のお誘いに、長谷川係長はきょとんとしていた。

「遥香がお世話になっているから、ぜひとも、夫にも紹介したいと思って」

ここで、長谷川係長は何かに気付いたのか僅かに目を眇《すが》める。

「もしや、茶道のお茶会ですか？」

「ええ。格式高いものではなく、カジュアルなお茶会だから、心配はいらないわ」

いやいやいやと、引き留めたくなる。なぜ、長谷川係長をお茶会に誘っているのか。

参加するのはほぼ身内で、長谷川係長が行っても楽しいものではないだろう。

「あの、長谷川係長、すみません。叔母が勝手に――」

「ぜひ、参加させていただきます」

我が耳を疑ってしまう。信じられない気持ちで、長谷川係長を見上げる。

不敵な笑みを浮かべていた。一方で、叔母も目元が笑っていない微笑みと共に、

「よかった」などと言葉を返す。

目には見えない火花が、辺り一面に散っているような気がした。

「詳しい日程は、あとから知らせるから」

「楽しみです」

叔母と長谷川係長は、笑顔だった。けれど、それはまったく友好的な笑顔ではない。

暗黒面を押し隠した微笑みは、恐怖でしかない。

どうしてこうなったのかと、脳内で頭を抱えてしまった。

第二章

陰陽師は茶会に挑む！

（※ただし、作法は記憶にございません）

別れ際、叔母は長谷川係長に釘《くぎ》を刺すように「お茶会は、相応しい恰好でどうぞ」と言った。つまり、着物を着て参加しろと圧をかけたのだ。対する長谷川係長は、「承知いたしました」と丁寧に返す。本当にわかっているのか、不安になった。

マンションを出て、キビキビ歩く長谷川係長を問い詰める。

「長谷川係長！　お茶会に行くって、大丈夫なんですか？　相応しい恰好でって、着物ってことですよ？　叔母は、嫌がらせで誘っただけなんです！　参加しないほうが、いいと思うのですが！」

私の必死の訴えに応えるためか、ピタリと立ち止まる。何やら、目には見えない黒い気を発しているように思えた。邪気ではないが、恐ろしい。

「そんで？」

「え？」

そんでとはなんだ。そんでとは。

他に言うことはないのかと、威圧感たっぷりに聞き返しているのか。いきなりどすの利いた京都訛《なま》りを出さないでほしい。寿命が三日ほど縮んだような気がする。

私が何も言わないのを確認すると、長谷川係長はスタスタと歩いて行ってしまった。

このまま走ってついていったら、一緒に出勤してきたと勘違いされる。

本当にお茶会に行くのか聞き返したかったが、今日のところは諦めたほうがいいだろう。

会社に到着し、制服に着替えてから足取り重く席に着く。

「永野先輩、おはようございます！」

「おはよう」

元気よく挨拶してきたのは、後輩社員の杉山《すぎやま》さんである。見た目はギャルっぽい。派手な身なりでとっつきにくそうに見えるが、仕事への姿勢は真面目ないい子だ。

私を見つけた途端、マシンガンのようなトークが始まる。

「金曜日の夜、合コン行くって話していたじゃないですかー。ぜんぜんいい男いなくて、時間の無駄って感じでした」

「そうだったんだ」

「なんか、イケメンが参加するって聞いていたから喜んで行ったんですけれど、ただ派手な髪色にして、服をオシャレに着こなしているだけのフツメンだったんですよ」

フツメンというのは、普通の男性である。若者用語はわからないので、そのたびに聞き返していたら「お婆《ばあ》ちゃんみたい」と言われてしまった。

「長谷川係長という真なるイケメンを知ったから、その辺にいるイケメンをイケメンと思わなくなったんですよね」

「なんていうか、五万円のステーキを食べたら、千円のステーキを食べられなくなった感じ？」

「永野先輩、イケメン問題を、ステーキの値段で喩《たと》えないでください」

「だったら、飼い犬に一袋五千円するドッグフードを与えたら、一袋千円のドッグフードが食べられなくなったみたいな？」

「ドッグフードや犬で喩えるのもダメです！」

とにかく、最上級のものを知ってしまうと、それ以下のものに対する評価が厳しくなってしまうのだろう。この辺の感覚は、祖母の「生活水準をむやみやたらと上げたらダメ」という話に通じる。

「付き合うんだったらイケメンがいいのですが、結婚するんだったら、誠実な人がいいですよね。どこかに、イケメンで、誠実な人はいないものか」

そんな人は、とうの昔に結婚していて、合コンなんかに参加しないだろう。さすがに、これは言えないが。

「合コンは早々に解散して、そのあと女友達だけでカラオケに行ったんですけれど、これがバチくそ楽しくて――」

バチくそというのは、「とても」とか「ものすごく」という意味である。若者の間で流行《はや》っているようだが、もともとは中国地方の方言らしい。

一応、杉山さんには私や友達に使うのはいいけれど、会社で使ったらダメだからね、とは注意している。知らない人は、びっくりするだろうから。

「カラオケは結局、徹夜《オール》でした」

金曜日の夜に遊べるなんて、正直羨ましい。

陰陽師の活動があるからではなく、遊ぼうという気力がまずない。仕事が終わったら、即家に帰って化粧を落とし、お風呂に入って夕飯を作り、ぼんやりしながら食べたい。そして、深夜に放送されるドキュメント番組を見ながら寝落ちするのが、楽しい週末の過ごし方となっている。

それを杉山さんに話したら、「なんか枯れてる」と言われてしまった。

「そうだ。今度、永野先輩も合コンに行きましょうよ！　次は、医者が参加するんです。誰を誘おうか迷っていたんですけれど、特別に永野先輩をご招待します！」

「わー……」

絶対に行きたくない。そう思ったのと同時に、背後から声をかけられる。

「どこに、招待してもらったの？」

振り返ると、暗黒微笑を浮かべた長谷川係長が立っていた。またしても、寿命が三日ほど縮まったような気がする。

合コンのお誘いを聞かれてしまったようだ。杉山さんはどう返すか？

ちらりと見ると、牧羊犬に追い詰められた羊のような顔で私を見つめている。まさか、私に言い訳をさせようとしているのか。しかし、若干目が潤んでいるように見えたので、助けてあげることにした。

「あ、えっと、杉山さんのお友達が集まる会に、招待されまして」

「そうなんだ。永野さんと杉山さんは、仲がいいんだね」

「ええ、可愛い後輩なんです」

長谷川係長は笑顔を絶やさぬまま、「そう」と言って書類の束を私に手渡す。そして、颯爽《さっそう》と去っていった。

「寿命、縮まるかと思いました。あとで、怒られたりしないですよね？」

「就業三分前だから、大丈夫だよ」

「そ、そうですか。ありがとうございます」

怒られるべき人は、他にもいるだろう。この令和の時代に、食パンを咥《くわ》えて就業三分前に会社にやってくる昭和男こと、山田《やまだ》先輩とか。

「遅刻、遅刻ー！　わー、危なっ！　セーフ！」

十秒でパンを食べ、鞄に入れていた牛乳パックで一気に流し込んでいた。見事な食べっぷりである。

「はー、苦しい」

「山田先輩、おはようございます」

「おはよう」

「遅刻、遅刻ーってパン咥えてやってくる人、初めて見ました」

「いや、目覚まし時計が止まっていて。いつもだったら、六時には目覚めるのに、昨晩は子どもの夜泣きが酷くてさ。あやしていたら、朝方の四時だったんだ」

「それは、大変でしたね」

欠伸をしつつ、「子育てって戦いだー」とぼやいていた。その背後に、長谷川係長が再び現れる。用件を終えて戻ってきたのだろう。

「うわっ、長谷川係長、お、おはようございます」

「おはよう」

食パンを食べながら出勤していた件には気付いていたのに、長谷川係長は指摘しなかった。それどころか、山田先輩の目の下のクマを見て助言する。

「寝不足だったら、空いている会議室で一時間だけ眠ってきてもいいから。眠い状態で仕事をしても、仕事の精度が落ちるからね」

「は、はい。その、すみません……」

「大丈夫。まだ、子どもが小さくて、大変なんでしょう？　うちの会社には、育休もあるし。育休を取ったからといって、社内評価が下がるわけではないから、一度奥さんと話し合ってみるといいよ」

「あ、ありがとうございます」

長谷川係長は山田先輩の肩をポンと叩いたあと、会議に出かけていった。

遅刻ギリギリの出勤を許した挙げ句、仮眠を勧め、育児休暇について教えてあげるなんて。一連の流れを見ていた周囲の社員は、長谷川係長に尊敬の眼差《まなざ》しを向けていた。女性社員は、去りゆく長谷川係長の背中をうっとり眺めている。ただでさえ評判がいいのに、また時の人となってしまうだろう。

山田先輩までも瞳を輝かせて、「長谷川係長、カッコイイ」と呟いていた。

なんとすばらしい人心掌握術だろう。

うちの課は、長谷川係長がやってきてからぐっと雰囲気がよくなり、残業も減った。他の課に所属している同期から、「羨ましい」と言われるくらいだ。

長谷川係長は理想の上司だと私も思っている。鬼ではなかったら、最高だったのだが……。

始業を知らせるチャイムが鳴ったので、雑念を脳内から追い出した。しっかり仕事をこなし、稼がなければ。

夜はいつも通り怪異が悪さをしていないか、見回りをする予定である。長谷川係長の都合が合うかは、不明だ。一緒に来てくれたら心強いが、強制はできない。

それよりも、心配なのは叔母のことだ。鬼退治をするために、しばらく浅草にいると言っていた。一応、長谷川係長のお弁当を入れたバッグに注意を促す手紙を忍ばせている。読んでくれたらいいのだけれど。

お昼前に、長谷川係長は戻ってきた。席に座った瞬間、お昼休みのチャイムが鳴った。いつものように、お弁当が入った鞄を持って外に出るのだろう。「達者でな」と思っていたら、思いがけない人物が長谷川係長に接近した。

「あの、これ、長谷川係長さんに持っていくように、言われたんです！」

長谷川係長の行く手を遮るという、命知らずな行為を働いたのは、今月入社したばかりの社員である。

清楚《せいそ》系の美人が入ってきたと、一時期男性社員の間で噂になっていたらしい。名前は、瀬名真凜《せなまりん》、だったか。

ふんわり巻いた黒髪をポニーテールにしている。動く度に、ぴょんぴょんと可愛らしくはねていた。

小首を傾《かし》げると、後れ毛が頬にかかる。一挙一動が小動物的で、庇護《ひご》欲をかきたてられるようだった。

「あれ、計算ですよ」

いつの間にか傍にきていた杉山さんが、私の耳元で囁《ささや》く。

「うなじが見えるポニーテールは、男性受け抜群なんです。ゆるーく巻いているのも、じつにあざといですね。後れ毛も三カ所作るのが可愛いって、わかっていてやっているんですよ。髪も染めていないし、一見、化粧なんてほとんどしていませんって顔だけれど、アレ、私のメイクより時間かかっていますよ」

「そ、そうなんだ」

下地を肌に軽く広げてファンデーションを薄く塗っているだけに見える化粧も、一時間半くらいかけているだろうと杉山さんは言う。

「ばっちりメイクの杉山さんより、時間がかかるって嘘でしょう？」

「友達がナチュラルメイクに命賭けていて、話を聞いたので詳しいんです」

杉山さんは、仕事を教えるような口ぶりでナチュラルメイクの方法を熱弁する。

まず、しっかり洗顔し、顔がびしょびしょになるくらい化粧水を塗り込む。その後、美容液と乳液で保湿をしてから、化粧に入る。

ベースとなる化粧下地を薄く塗り、コンシーラーでシミをとことん隠す。リキッドファンデーションはブラシを使って丁寧に広げ、自然な肌の色に仕上げる。眉はしっかり描くのではなくふんわりと伸ばし、太眉にするといかにも「手を加えていません！」というアピールができるらしい。眉を剃《そ》ったり抜いたりせず、自分の眉毛を下地に、パウダーとペンシルを使って形を整えるのがポイントだそうだ。

アイラインは黒ではなく、ブラウン系。こちらも、アイラインをしっかり描いていないように見せる。アイシャドウはベージュ系で。あくまでも、自然に仕上げる。

チークも、ほんのり色付く程度だ。ひと目見て、塗っているとわかるのはNGらしい。リップも、唇の色に近い桜色に仕上げる。これは、薄く塗っているように見えて、しっかり塗っているらしい。そう見せるのも、腕の見せ所だ。

「いや、そこまでくると、職人技だね」

「左官職人か！　ってなります」

私も、左官職人みたいな技術がほしい。社会人にとって化粧は最低限のマナーだ、なんて言われるが学校で教えてくれるわけではない。自分で勉強して、探り探り上達させていくしかないのだ。

「ああいうのって、試行錯誤の末に完成したものなんだろうね。よほど、努力をしているんだと思うよ」

「永野先輩って、本当に他人のいい所を見つけるのが、上手ですよね」

「そうかな？　いつも、羨ましがっているだけだと思うけれど」

「謙遜しないでください」

そんな会話をしているうちに、書類の受け渡しを終えた瀬名さんが長谷川係長に鋭く攻めかかる。

「あの、よかったら、一緒にランチに行きませんか？」

課の視線が、一気に集まった。「あの女!!」という目で見つめるのは、女性社員だけではない。長谷川係長と食事に行きたいけれど、誘えなかった男性社員も交ざっていた。

「あ、ごめん。俺、いつも弁当なんだ」

「ええっ、そうなんですか？　もしかして、自炊ですか？」

「それは――」

言いかけて、長谷川係長はチラリと私を見る。ドキンと脈打ち、心臓が口から飛び出そうなほど驚いた。

まさかこの場で私が作ったと言うつもりなのかと、落ち着かない気持ちになる。呼吸さえ、思うようにできなかった。

「――想像に、お任せするよ」

さらりとそう言って、満面の笑みを浮かべる。瀬名さんがぼーっとしている間に、すたこらと出て行った。

瀬名さんが我に返ったのは、長谷川係長がいなくなってから十秒経過したあとだった。廊下を覗《のぞ》いたようだが、すでに姿はなかったらしい。まさか、窓から地上に降りたのか。いやいや、いくら鬼とはいえ、そこまで人間離れをした行動はできないだろう。

「長谷川係長、さすがですね。あの瀬名さんの誘いを、有無を言わさずにきっぱり断るなんて」

「う、うん」

心を落ち着かせ、私もお弁当を食べなければ。そう思った瞬間に、スマホのディスプレイにメールを受信したお知らせが出てくる。差出人は、長谷川係長だった。

息が止まるかと思った。いったい何用なのか。

メールを開いたら、簡潔な一文だけ打たれていた。

――いつもの公園に、弁当を持って集合。

いつもの公園というのは、会社の近くにある公園だ。たまに、一人になりたいときにふらりと行って、ぼーっとしながらお弁当を食べるための場所である。

人が立ち寄らない、日当たりが悪いエリアがあるのだ。この前、長谷川係長と怪異の邪気祓いに向かったさいに、オススメだと紹介してあった。

長谷川係長から受信したメールをじっと眺めていたら、突然杉山さんに話しかけられる。口から心臓が飛び出そうだったが、平静を装った。

「永野先輩、お昼、行かないんですか？　一緒に、食堂で食べません？」

「今日、お弁当だから、人がいない場所でゆっくりいただこうかなって」

「あ、そうですか。だったら、行ってらっしゃい」

スマホとお財布をお弁当の入ったバッグに入れて、会社を飛び出す。小走りで、呼び出された場所に向かった。

長谷川係長は、人気のないベンチに一人、座っていた。

「お、お待たせ、しました」

無言で、隣に座るよう視線で命じられる。すとんと腰を下ろし、息を整えた。

「走ってこなくても、よかったのに」

「一刻も早く来いという圧を、メールから感じてしまって」

「永野さんって、言葉の裏を勝手に読むのが好きだよね」

「いや、別に、好きではないです……」

早く食べないと、昼休みが終わってしまうだろう。なぜ、上司と並んで同じお弁当を戴《いただ》かなければならないのか。涙が出てきそうになる。

シーンと静まりかえっていたが、長谷川係長は突然頭を下げた。

「なんか、ごめん」

「へ!?」

聞き違いだろうか。長谷川係長が、謝ってくるなんて。

「ど、どど、どうしたんですか？　具合でも、悪いのですか？」

長谷川係長は、首を振って否定する。眉尻を下げ、申し訳なさそうに私を見つめていた。こんな弱々しい長谷川係長なんて、見るのは初めてだ。

「本当に、どうしたんですか？」

「さっき、弁当について聞かれたとき、永野さんが作ったって喋《しゃべ》ってしまいそうになったんだ」

あまりの衝撃的な言葉に、手にしていたお弁当のバッグを落としそうになる。

「な、ななな……！」

もしも、毎日私が長谷川係長にお弁当を作っていることがバレたら、大変な事態を招くだろう。特大の邪気を呼び込み、怪異がわんさか集まってくるに違いない。

「ど、どうして、本当のことを、言おうとしたのですか？」

「たまに、他人がどうしようもなく煩わしくなるんだ。誰とも話したくなくて、昼休みは外で食べていたんだけれど。それをも邪魔しようって人が現れたから」

瀬名さんは、長谷川係長の逆鱗《げきりん》に触れてしまったのだろう。

「会社にいると、人の悪意を感じて、鬼寄りの存在になってしまう。どうにかしようと思いつつも、上手くいったことなんて一度もなくて……」

社内には嫉妬、焦燥、緊張、悲しみ、苦しみ、憎悪、虚無、野心、欲望などなど、人々のさまざまな感情が入り交じっている。これが外に発散されると、邪気と転じてしまうのだ。

邪気に触れると、長谷川係長の中に流れる鬼の血が活発になってしまうらしい。

「今までも酷い言葉を、永野さんにかけていたような気がする」

「それは、私も悪い部分がありましたし」

叔母にも『甘味祓い』で怪異と対峙するのは危険だと、怒られたばかりだった。私にも、反省すべき所が多々あるだろう。

「でも、突然謝るなんて、どうしたんですか？」

「いや、さっき目が合ったときに、永野さんがあまりにも怯《おび》えた表情を見せていたから、謝りたくて」

しょんぼりしているので気の毒になるが、かといって「いいですよ」なんて許すつもりはなかった。引き続き、平和な会社ライフを送るために、私を巻き込むような真《ま》似《ね》はしないでいただきたい。

「弁当は、もう、作らなくても、いいから」

「え、でも、なかなかお菓子を作れていませんし」

今日まで毎日とは言わないが、何回も怪異の邪気祓いに付き合ってくれた。お礼のお菓子の生産は追いついていない。お弁当だったら、自分の分のついでに作れる。だから、別にお弁当を作るくらいなんてことないのだが。

「遠慮しないでください。本当に、ついでなので。それに、心配なんです。邪気に中てられて、外で食事をしていると聞いて……」

私の発言を聞いた長谷川係長は、目を見張っている。

「私、何かおかしなことを言いました？」

「いや、ずっと、鬼であるという問題は、自分一人のものだと思っていたんだ。けれど、永野さんが気に掛けてくれるのが、なんていうのかな、不思議だと思って」

「まあ、いろいろありましたからね」

いろいろあった。本当に、いろいろあった。

勘違いで嫉妬した杉山さんが怪異に取り憑かれたり、元上司がやってきて襲われたり、長谷川係長を慕う女性社員の目の敵にされたり。

すべて、人が持つ感情が邪気となった結果、怪異を招いてしまったのだ。長谷川係長は、悪くない。

「もしかしたら、永野さんのことを頼って、どこか甘えている部分が、あったのかもしれない」

そうだとしたら、今みたいにわかりやすく態度と言葉で示してほしい。いつも、余裕綽々でトラブル知らずみたいな顔をしているから、何があっても大丈夫だと思い込んでいた。

長谷川係長も人の子だから、傷ついたり、怒ったり、不安に思ったりしているようだ。

「ごめん。今後、永野さんを巻き込まないようにするから。お菓子も、作らなくていいよ。でも、怪異の邪気祓いは、これまで通り協力するから」

「でもそれじゃあ、何もお返しできないじゃないですか」

「大丈夫。邪気を祓うことは、鬼の血を抑える効果があるようだから」

なんでも甘味祓いをしたあとは、体が軽くなるらしい。邪気は、驚くほど長谷川係長の精神と体を蝕んでいるのだろう。

「弁当も、邪気祓いをかけてくれて、ありがとう」

「あ、バレていたのですね」

「食べたあと、明らかにスッキリするからね。おかげで、午後の仕事はまったく苦ではなかった」

話を聞いていると、長谷川係長はとんでもない負荷の中で働いているようだ。なんとなく社内にいると別人のようだから、邪気の影響があるのかな、くらいに考えていたが。

私は怪異の邪気を祓いたくて陰陽師として活動し、長谷川係長は鬼の血を抑えるために邪気を祓う。十分、利害は一致しているのかもしれない。

「だったら、これまでの契約はなしにして、これからは、私が作りたいときに作る、というのはいかがですか？」

突然の提案に、長谷川係長は信じがたい発言を聞いたような表情となる。

「なんで？　っていうか、永野さんは、俺が怖いんじゃないの？」

「鬼としては、怖いと思っています。上司としては、尊敬していますし、お隣さんとしては、友好的なお付き合いをしたいと考えています。これって、おかしいですか？」

長谷川係長は、手で顔を覆ってぐったりうな垂れる。

「ほんと、そういうとこ……」

「なんですか？」

「なんでもない」

顔を上げた瞬間には、いつもの長谷川係長の表情に戻っていた。

「永野さん、ありがとう。じゃあ、気が向いたら、よろしく」

「了解です」

話がまとまったところで、お弁当を食べないといけない。朝から気合いを入れて作ったオムライスを、密《ひそ》かに楽しみにしていたのだ。

それから会話もなく、二人で黙々とお弁当を食べる。会話はなかったが、不思議と気まずさは感じなかった。

◇　◇　◇

夕暮れ時には仕事を終えることができた。スマホを見ると、叔母からメールが届いている。なんでも、今日は永野家の本家のほうに泊まるらしい。鬼退治について、話し合うのだろうか。

そういえば、長谷川係長は手紙を読んでくれただろうか。昼間は、手紙について触れなかったが。

叔母のメール画面を閉じた瞬間、一通のメールを受信する。長谷川係長からだ。今日の甘味祓いに、協力してくれるらしい。

毎回会社帰りに待ち合わせの場所にしているのは、会社から少し離れた場所にある純喫茶『やまねこ』。

サンドイッチとコーヒー、紅茶、それからジュースが数種類あるだけの、昔ながらの喫茶店である。六十代くらいのマスターが、一人で切り盛りしている。

店内はカウンター席が五席、四人掛けのテーブルが三つと、こぢんまりとしたお店であった。照明は暗めで、ジャズがいつも流れている。夜に来るとバーみたいな雰囲気だ。

この周囲はオシャレなイマドキの喫茶店から、有名チェーンの喫茶店まである、カフェの超激戦区である。『やまねこ』は大通りから一歩路地に入った先にあり、昔からの常連さんが熱心に通っているお店、という感じだった。

ここだと、絶対に会社の人と会わないらしい。私がお弁当を作る前、長谷川係長はお昼にコーヒーとサンドイッチを食べにきていたようだ。

成人男性のお昼が、サンドイッチでは足りないだろう。そんなことを言いだしたマスターの好意で、オムライスとカレー、ナポリタンがランチ限定で追加されたのだとか。それが、常連さんにも人気となり、お昼はそこそこ忙しいらしい。

そんな話が聞けるほど、マスターと仲良くなってしまったのだ。

「永野ちゃん、いらっしゃい。まだ、係長は来ていないよ」

「あ、そう、ですか」

私が係長と言ったせいで、長谷川係長はマスターにも係長と呼ばれている。常連さん達も面白がって、係長と呼んでいるようだ。明らかに長谷川係長より年上のお爺《じい》さん達に「係長！」なんて呼ばれて親しまれている様子は、面白いとしか言いようがない。長谷川係長に紹介されて通っていたが、私にとってすっかりお気に入りのお店となっている。

五分ほどで、長谷川係長がやってきた。何も言わずとも、トマトジュースがでてくる。男性の一人暮らしは食生活が偏るので、野菜ジュースを飲ませようとしてくれているようだ。

私は紅茶と、マスター特製のサンドイッチを食べていた。カリカリに焼いたパンに、ハムとレタス、間にマヨネーズが挟まれただけの、シンプルなサンドイッチだ。レタスが驚くほどシャキシャキで、ハムはジューシー。マヨネーズは何か混ぜてあるのか、コクが強い。

マスター風のサンドイッチを真似して作るが、この味には到達できない。

長年、サンドイッチで勝負しているマスターの、職人技なのだろう。

長谷川係長は、トマトジュースの攻略に苦戦していた。ジョッキとまでは言わないが、そこそこ大きなグラスで提供されていたのだ。長谷川係長のために作られたマスター手作りのトマトジュースらしい。愛が、これでもかと詰まっている。

「おお！　全部飲んだか。さすがだな」

「ごちそうさまでした」

「いいってことよ。今度は、永野ちゃんのために、ステーキサンドを作るからな！」

「私まで、特別メニューがあるんですね」

「当たり前よ。いつも、葉っぱと薄いハムしか入っていないサンドを、リスみたいにちまちま食べているだろう？　もっと、肉を食らって体を大きくしたほうがいい」

マスターの肉体改造計画に、笑ってしまう。常連さんは、マスターのこういうところが好きで、通っているのだろう。

長谷川係長と二人、週に三日くらい立ち寄っているが、仲良くなってもマスターは私達の関係を追及しない。

気さくに接してくれるが、その辺は一歩引いたところから見守ってくれる。他の常連さんも同様に。その辺も、居心地よく思ってしまう理由の一つなのだろう。

「では、また来ます」

「おう！」

だが、店を出た瞬間、ぎょっとしてしまう。窓を覗き込む、瀬名さんの姿があったから。

私に気付くと、驚いた顔を見せた。窓はステンドグラスになっていて、店内の様子はいくら目を凝らしても確認できない。私が突然出てきたので、驚いているのだろう。

「あなたは、長谷川係長と同じ課の人？」

瀬名さんの問いに何か答える前に、長谷川係長が店から出てくる。

「あれ、君は――」

「長谷川係長、この人と、付き合っているのですか!?」

まるで私を糾弾するように、鋭く指差される。

「ちょっと質問の意味がわからないんだけれど？」

「だって、一緒にお店から出てきたから」

「ああ、偶然会っただけだよ。それだけ」

堂々と言いきった。長谷川係長はじっと瀬名さんを見つめ、これ以上の質問は許さない、という圧をかけているようだった。

「瀬名さんのほうこそ、どうしてこんなところにいるの？」

長谷川係長の問いかけに、瀬名さんはきゅっと唇を噛みしめている。

純喫茶『やまねこ』は、知る人ぞ知る、といった感じのお店である。偶然通りかかって見つけるようなお店ではない。

恐らくだが、退勤する長谷川係長のあとをつけてきたのだろう。でないと、こんなところで偶然バッタリなんてありえない。

「じゃあ、気を付けて帰ってね」

長谷川係長は実に事務的な様子で瀬名さんに言い、私の肩をポンと叩く。早く行くぞと促しているのか。

瀬名さんは、私をジロリと睨む。瞳には、嫉妬と羨望が渦巻いているような気がした。

「あの、長谷川係長。どうして、彼女を送っていくのですか?」

「暗くなってきたからね」

「だったら、私のほうを、送るべきじゃないですか?」

責めるような、一言であった。なぜ、そこまで言いきれるのか。その理由を、長谷川係長の次なる一言で知ることとなる。

「君は、取引先の社長令嬢かもしれないけれど、俺にとってはいち社員に過ぎない。

一方で、永野さんは、部下だ。ただの顔見知りの社員と、部下。どちらを大事にすべきか、わからないほど馬鹿ではないんだよ」

幼子に説き伏せるような言葉だが、声色はどこまでも冷えきっている。

部下を大事にする姿勢はすばらしいが、部下でない人に対してあまりにも冷たすぎやしないか。

さすが鬼だ。相手が取引先の社長令嬢でも、容赦ない。

瀬名さんは、いい勉強になっただろう。男性のすべてが、思い通りになるわけではないのだ。

俯《うつむ》いていた瀬名さんだったが、顔を上げた瞬間には長谷川係長を睨みつけていた。

「本気で言っているの？　嘘でしょう？　信じらんない。うちの課の課長に、長谷川係長は結婚相手を探しているから、気に掛けてやってくれなんて頼まれたから、こうして、特別に、声を掛けてあげたのに！」

瀬名さんから、じわり、じわりと黒い靄が湧き上がる。あれは、邪気だ。

薄暗い路地裏が、さらに暗くなる。

瀬名さんは肩で息をし、低い声で唸《うな》っていた。様子が、明らかにおかしい。

「あの、瀬名さん、しっかり――」

「永野さん、無駄だ。邪気に感情を支配されている」

瀬名さんは拳を、長谷川係長に向かって突き出す。長谷川係長は難なく回避し、腕を掴んでいた。

一刻も早く、甘味祓いをしなければ。そう思って鞄に手を入れ、飴《あめ》を探す。そうこうしているうちに、路地裏にカラスの形をした怪異が引き寄せられてきた。

「なっ――!?」

このまま取り憑かれたら、さらに暴れるだろう。先に、怪異をどうにかしなければ。甘味祓いの飴ではなく、ジョージ・ハンクス七世を掴む。そして、怪異に向かって投げた。

「行け、ジョージ・ハンクス七世!!」

『おうよ!』

ジョージ・ハンクス七世は、弧を描いて飛んで行く。

『おらおらおらおら!!』

ジョージ・ハンクス七世の手には、叔母が作った呪符が握られている。

上手い具合に怪異の額へ着地したジョージ・ハンクス七世は、呪符を怪異に貼り付けた。

『大人しくなりやがれ！』

カラスに似た怪異は静止し、すぐさま落下する。

呪符は、怪異の動きを止めるもの。ジョージ・ハンクス七世は怪異の背に回り込み、怪異を下敷きにするように着地した。

ジョージ・ハンクス七世を使役し攻撃を繰り出すよう命じると、私自身が力を消費してヘロヘロになってしまう。そんな問題を解決してくれた呪符に感謝しなければ。

呪符作りは練習中なので、いつか手作りの呪符で怪異と戦うサポートができたらなと思っている。

『おい、遥香！　こいつはもう動かないから、早く甘味祓いをするんだ』

「了解！」

すぐに、怪異の口に黒糖蒸しパンを詰め込んだ。すると、怪異の中から邪気が祓われていく。

今度は、瀬名さんをどうにかしなければ。

瀬名さんは肩にかけていた鞄を振り回し、長谷川係長に攻撃していた。あれは、五十万円くらいするブランド物の鞄だろう。あんな風に、ブンブン振り回していい品ではない。

こういう状態になったら、大人しくお菓子を食べてくれない。口に含ませることに成功しても、すぐに吐き出してしまう。

どうやって甘味祓いすればいいのか。私は考えた。そして、あるお菓子を食べさせればいいのではと、思いついたのだ。

「長谷川係長、瀬名さんの動きを十秒でいいので止めてください」

「了解！」

回避するばかりだった長谷川係長が、瀬名さんの腕を掴む。そして、容赦なく羽交い締めにしてくれた。

素早く瀬名さんに接近し——口の中にお菓子を詰め込む。

「う……あああああ!!」

それは吐き出されることなく、一瞬で瀬名さんの口の中に消えた。

瀬名さんは大人しくなり、意識を失った。長谷川係長が体を支え、ゆっくりと地面に横たわらせる。

「永野さん、何を食べさせたの？」

「わたあめです。子ども用おもちゃのわたあめメーカーを使って、せっせと作りました」

「流石《さすが》だね」

しばらくすると、瀬名さんは目覚めた。長谷川係長に詰め寄った記憶は、きれいサッパリ消えているよう。

無事、邪気に支配された瀬名さんを取り押さえることができたので、ホッと胸をなで下ろす。

一応、純喫茶『やまねこ』の扉には、防音の呪符を張っておいた。外の騒ぎは、聞こえていないだろう。

「あれ、私、なんでこんなところに？」

自分を介抱しているのが長谷川係長だと気付き、瀬名さんは頬を赤く染めていた。

「申し訳ありません。昔から病弱で、こうして倒れてしまうこともありまして」

「そうだったんだ。大変だね。立てる？」

「はい」

瀬名さんは長谷川係長の手を握り、立ち上がる。

推定五十万円の鞄を差し出した瞬間に、私がいたことに気付いたようだ。

「な、なんで、あなたがここに？」

「永野さんが倒れていた瀬名さんを発見して、俺を呼んだんだよ」

「あ、そう、だったのですね」

腑《ふ》に落ちない、という気持ちがはっきり表情に出ていた。倒れていた瀬名さんを発見し、介抱してくれたのは長谷川係長であってほしかったのだろう。

「疲れが溜《た》まっているんだよ。早く帰って、休んだほうがいい」

「は、はい」

瀬名さんは恋する乙女の表情で長谷川係長を見上げ、去り際に私に向かってにっこり微笑む。

二人が路地裏から、表通りに出るのを見ながら、ジョージ・ハンクス七世がボソリと呟いた。

『遥香、お前、マウント取られていたぞ』

「え、なんで？」

『あの女、長谷川係長は家まで送ってくれるの。お先に、って表情だった』

「そ、そんな笑顔だったんだ」

表情一つで、いろいろ読み取るジョージ・ハンクス七世はすごい。そんな感想を口にすると、ため息をつかれてしまった。

「それにしても、呪符作戦、いい感じだったね！」

『まあな』

ジョージ・ハンクス七世は、すっかり大人しくなった怪異から呪符を剝がす。すると、呪符は空気中に溶けて消えた。

拘束がなくなった怪異は、よろよろと飛び立つ。もう邪気を溜めたらダメだよと、声をかけた。

『お！　遥香、アレ、見てみろよ』

ジョージ・ハンクス七世が指し示すのは、表通りに出た長谷川係長と瀬名さんである。

「じゃあ、お大事にね」

「あ、はい……」

長谷川係長はタクシーを呼び、瀬名さんを乗せて見送っていた。駅まで送るのかと思いきや、タクシーに乗せて帰すとは。

たしかに具合が悪そうだったので、電車よりもタクシーのほうがいいだろう。

そんなことを考えていたら、長谷川係長がこちらへ戻ってくる。

「あの、長谷川係長、お疲れ様です」

「永野さんも」

大変でしたね、という言葉は呑《の》み込《こ》んだ。なんとなく、ああいう女性関係のトラブルには慣れているように感じたからだ。

それから、予定通り浅草の町を探索する。今日の邪気は、瀬名さんに集中していたのか。辺りは平和だった。

「それにしても、とんでもない目に遭った。瀬名があとを付けているのは把握していたけれど、あんなに邪気を溜《た》め込《こ》んでいるなんて」

邪気は外に発散されるタイプと、一気に噴出するタイプがいるらしい。後者だと、鬼である長谷川係長でさえ、気付かないようだ。

「撒《ま》こうかどうか迷ったんだけれど、一般人相手にそこまでしなくていいだろうと思って、放置していたんだ」

モテる男は大変だ。思わず、同情してしまう。

「瀬名さんのご実家の会社って、なんの会社なんですか？」

「印刷会社なんだって。名前は、『ホタテスター印刷』だったかな？」

「ああー……」

記憶に新しい、元上司のミスで乱丁本を作ってしまったときに利用した会社だ。古くからの付き合いだったという。

たまに『ホタテスター印刷』にパンフレットや資料本の印刷を頼むときもあったようだが、基本的にうちの会社の製品を継続的に購入してくれるありがたい取引先だったそうだ。

「取引先だった、ということは、今は違うのですか？」

「なんか、あまり経営が上手くいっていないみたいで、すでに社員の半数は解雇したという話らしいよ」

そういえばと思い出す。パンフレットの件で『ホタテスター印刷』に電話をかけてもなかなか応じず、事情を聞こうにも担当がいないなど、散々な対応だった。経営が悪化していて、取り合う余裕がなかったのだろう。

「瀬名も、『ホタテスター印刷』で働く予定だったが経営悪化で頓挫し、父親が頭を下げてうちの会社に入社したらしい」

瀬名さんが入社する前、『ホタテスター印刷』の社長令嬢が社員になったので、失礼がないようにというお触れが管理職に回ってきたようだ。

「もしもうちの課に配属されても、特別扱いをする気はなかったんだ。でも、こんなことになるなんて……」

独身で、これから出世しそうで、見目もいい。長谷川係長は、肉食系女子社員達に狙われた憐れな獲物だ。

ただ、この獲物は油断ならない。狙った相手を、笑顔で突き放す。とんでもない人だ。そんじょそこらの手練《てだ》れでは、仕留められないだろう。

「でも、アプローチしてくるの、瀬名さんだけではないですよね？」

「……まあね」

押し黙った数秒の間に、いったい何名の女性を思い浮かべたのか。モテ過ぎるのも、問題なのだろう。

自分がモテる人生なんてまったく想像できないし、長谷川係長の様子を見ていたらいいことばかりではないとわかる。平々凡々に生んでくれた両親に、心から感謝した。

「もうそろそろ、鬱陶しくて、やってらんなくなるよ」

どこにいても女性社員に話しかけられるので、会社でゆっくり休憩もできないという。そんな中で、純喫茶『やまねこ』は唯一の癒やしの場らしい。

「あそこのお店は、気のいいおじさん達しかいないですもんね」

「そうだね」

いっそのこと、諦めて誰かと結婚すればいいのではないか。既婚者になったら、女性社員も構わなくなるだろう。

そんな提案をしたら、驚いた顔で見下ろされる。

「なんですか？」

「いや、それもそうか、と思って。でも、難しいな。鬼の血が強いから、結婚相手に当たり散らすかもしれないし」

「大丈夫ですよ。癒やしを提供してくれる人と結婚すればいいのですから！」

「だったら、永野さん、結婚してくれる？」

「へ!?」

思わず立ち止まってしまう。

何やら、とんでもない提案が聞こえたような気がした。完全に、聞き違いだろう。

しばらく呆然《ぼうぜん》としているうちに、バスが二台続けて通過していった。

「永野さんだったら、鬼の事情を知っているし、一緒にいて飽きないし、いろいろ都合がいいかなって」

突然、長谷川係長は私の顔を覗き込み、天使のような微笑みを向ける。思わず頷《うなず》きそうになったが、ジョージ・ハンクス七世が私の肩に飛び乗って耳元で叫んだ。

『遥香！　しっかりしろ！　それは、悪魔の囁きだ！』

あまりの大きな声に、耳がキーンとなる。おかげで、我に返ることができた。

「わ、私をからかっても、面白い反応とか、できないので」

「からかっているわけじゃないよ。だって、永野さんは、俺が鬼でも、殺さないだろうし、きっと、いつまでも味方でいてくれる気がするから……」

切なそうな声だった。今まで、私が想像もできないような苦労をしてきたのだろう。弱みを見せられたら、何か力になれたらと思ってしまう。

「で、でも、そんなことになったら、会社のみんなに恨まれます」

「辞めたらいいよ。結婚してくれるのならば、昇任試験だって受けるし。永野さんは家にいて、夜、一緒に怪異の邪気祓いをしてくれたらいい」

そんな生活、兼業陰陽師には夢みたいな話だろう。

「もしも、永野さんを悪く言ったり、嫌がらせをしたりするような人がいたら、絶対に許さないし、何があっても守るから」

その言葉は、とびきり甘い。今まで聞いたことのないような優しい声色だったので、再び頷きそうになってしまった。だが、ジョージ・ハンクス七世が許さない。

『おいおい、遥香！　鬼の甘言を、聞き入れるんじゃない！　どうせ、手中に収めて、いいように使うつもりなんだよ！』

「ううっ……！」

わかっている。世の中、そんな上手い具合に回るわけがない。今まで散々いじわるなことを言っていた長谷川係長が、完全に私の味方になんてなるわけがなかった。

「冗談はこれくらいにして、見回りをしますよ！」

そう言って、先を歩く。

背後から「冗談じゃなかったのに」と聞こえたようだったが、きっと気のせいだろう。そう、強く自分に言い聞かせておく。

見回りを終えて、解散となる。今日は、異状なしだった。

叔母は実家に帰っているので、部屋には誰もいない。

ジョージ・ハンクス七世をそっとハウスに戻し、労いながらミネラルウォーターとヒマワリの種をあげた。

「たくさん召し上がれー！」

『おう、ありがとうな！』

ジョージ・ハンクス七世はごくごくとミネラルウォーターを飲み、器用にヒマワリの種を割って頬張る。愛らしいとしか言いようがないその様子はいつまでも見ていられるが、私も夕食を食べなければ。その前に、お風呂である。

温かいお風呂にゆっくり浸かって、髪も丁寧にドライヤーで乾かす。夕食は、昨日スーパーで買った今が旬のアスパラガスと豚肉を使った料理に決めた。

まず、アスパラガスの皮をピーラーで剝《む》き、電子レンジでしばし加熱する。

豚は塩、コショウで下味を付け、アスパラガスにくるくる巻きつけた。片栗粉《かたくりこ》を表面にはたき、油を広げたフライパンで焼いていく。

豚肉に焼き色がついてきたところで、醬油、砂糖、みりん、酒を混ぜて作ったタレを投入。全体に絡まったら、『アスパラガスの肉巻き』の完成だ。

あとは、高原キャベツの胡麻《ごま》和《あ》えと味噌汁を作り、夕食は完成となる。お風呂に入る前にセットしたごはんも炊けた。

食卓を整えて、手と手を合わせていただきます。

賑やかな叔母が不在となると、なんだか寂しくなる。叔母がいない時間のほうが長いのに、別れは何回経験しても慣れない。

ついつい、叔母だったら「おいしい！」と言ってごはんを食べてくれるのだろうな、と考えてしまう。

やっぱり、食事は誰かと一緒のほうがおいしく感じる。食べる料理は一人のときとまったく同じなのに、不思議だ。

なぜだろうか。いつもより、センチメンタルな気分になる。土、日に叔母と楽しく過ごした反動だろう。

いつ戻るかわからない叔母を待つよりも、結婚したほうがいいのだろうが。

結婚について意識した瞬間、長谷川係長の顔が思い浮かぶ。すぐに、ぶんぶんと首を横に振って打ち消した。

別に、長谷川係長と結婚したいわけではない。今日、「永野さん、結婚してくれる？」なんて言われたものだから、変な感じで意識をしてしまったのだろう。

鬼と結婚なんて、ない。絶対に、ない。

そう思った瞬間、胸がずきんと痛む。同時に脳裏にある光景が、浮かんできた。

着流し姿の、見目麗しい男性——彼は、いったい誰なのか？

思い出そうとしたら、頭がズキズキと痛んだ。頭痛なんて、一年に一回あるかないかの頻度なのに、どうしたんだろう。

着流し姿の男性を、どこかで見たような気がするが……。

これ以上、考えないほうがいいだろう。ひとまず、今晩は夜更かしせずにゆっくり眠ることにした。

◇◇◇

次の朝――いつもより一時間早く目覚めたので、出勤前だがお菓子作りをすることにした。

気分的に、和菓子よりも洋菓子を食べたい。簡単に作れるものを考えたら、ドーナツが思い浮かんだ。

お手軽に、ホットケーキミックスを使う。

溶かしたバターに卵、牛乳を混ぜ、砂糖とバニラエッセンスを加えてしっかり馴染ませる。そこに、ホットケーキミックスを少しずつ入れて、なめらかになったら生地は完成。これを、しばし冷蔵庫の中で寝かせる。

その間に、お弁当作りだ。

昨日の夜、余力を振り絞って下漬けしておいたぶりを、長ネギと一緒にフライパンで焼く。火が通ったら、タレを入れて煮詰める。ぶりの照り焼きの完成だ。

二品目は、ネギ入りのだし巻き卵。小口切りにしたネギを、だしを注いだ卵に混ぜて焼くだけ。

三品目は、レンコンとシイタケのきんぴら。レンコンはカット済みの水煮を、シイタケは佃煮《つくだに》を使う。佃煮に味がついているので、味付けはそこまで濃くしなくてもいいだろう。最後に刻んだ鷹《たか》の爪《つめ》を混ぜたら、完成だ。

長谷川係長にお弁当箱を返してもらっていない。けれど、予備のお弁当箱がある。

一段目はごはん。真ん中に梅干しを押し込む。二段目のおかずは、どうやって詰めようか。彩りを考えながら、おかずを入れていく。

だいたい、卵焼きがあれば、お弁当は華やかに見える。隙間にミニトマトを挟み込みたいところだが、ミニトマトで彩りを演出するのは負けだと思っている。誰と勝負しているのかは、わからないけれど。

そんなわけで、本日のお弁当が完成した。

ここでようやく、ドーナツ生地を冷蔵庫から取り出す。ちゃっちゃと仕上げなければ。朝は時間との勝負なのである。

ドーナツ型でくり抜き、こんがりキツネ色に揚げていく。真ん中の丸の部分や、余った生地も無駄にしない。一緒に揚げてしまう。

揚がったものに砂糖をまぶしたら、ドーナツの完成だ。甘味祓いの呪文をかけて、粗熱が取れたら食品保存容器に詰める。

ふと、思い出す。そういえば、叔母の鬼退治の話を長谷川係長に直接していなかった。

向こうもあえて、話題に出さなかったのかもしれないけれど……。私みたいなうっかり者ではないので、きちんと対策を採っているだろう。

もしも、二人が争うことになったら、私はどちらの味方をすればいいのか。と、ここまで考えて、頭を抱え込む。

私は陰陽師で、長谷川係長は鬼だ。どちらにつくべきかは、火を見るよりも明らかである。どうして、そんなふうに考えてしまったのか。

胸が、ズキンと痛んでしまった。

いいや、考え事をしている場合ではない。出勤しなければ。

マンションを出る前に、郵便受けにお弁当を入れておく。メールでお知らせしたら、すぐに「ありがとう」という返信があった。

もしかしたら、「いらない」と言われるかもと思い、ドキドキしていたのだ。受け入れてくれたので、ホッと胸をなで下ろした。

今日も今日とて、元気に会社を目指す。

会社まで徒歩十五分。ロッカーで制服に着替えると、仕事をするぞ、という気分になった。デスクにたどり着くと、頬杖《ほおづえ》をついて眉間に皺を寄せる杉山さんに気付いた。

なんだか、様子がおかしい。

「おはよう」

「あ、永野先輩、おはようございます」

おかしいのは、様子だけではなかった。

いつもの派手なメイクではなく、ナチュラルメイクだったのだ。

「あの、杉山さん、お化粧、どうしたの？」

「時代は、ナチュラルな女なんですよ。私も、瀬名さんを見習おうと思って」

昨日、あれだけ批判していたのに、すぐに取り入れているところはいじらしいというか、むしろ愛らしいというか。

「でも、酷いんです。隣の課の係長に、今日すっぴんじゃん！　手抜きして、どうしたの？　みたいに言われてしまって。酷くないですか？」

化粧をしない人から見たら、手抜きに思えるのかもしれない。そういう私も、瀬名さんのナチュラルメイクについては、気付いていなかったけれど。

「杉山さんは普段から、化粧が華やかだから、余計にそう見えるのかも」

「なんか、納得できないんですけれどー！」

杉山さんが憤っているところに、山田先輩がやってくる。今日はシャッキリ目覚めている状態だった。

「山田先輩、おはようございます」

「おはよう」

いつになくキリッとしているのは、昨日早めに帰れたからだろうか。仮眠しなかったので、長谷川係長が山田先輩に早く帰るように勧めたのだ。

「ゆっくり休めましたか？」

山田先輩は笑顔で頷く。何やら、秘策があったらしい。

「実は、お義母《かあ》さんに助けてくださいーって、電話したんだ。そうしたら、すぐに来てくれて、子守をしてくれたんだよ。神かと思った」

昨日、長谷川係長が助言したらしい。もしも、両親か義両親が傍に住んでいるのならば、助けを求めたほうがいいと。

「でも、妻は働いていないし、俺も残業してないから、助けてくれと訴えるのは恥ずかしい気がして。両親からも、子育ての苦労話なんか聞いたことがなかったし、自分達が未熟なんじゃないかって思っていたんだけれどさ、長谷川係長がそれは違うよって言ってくれたんだ」

　山田先輩はずっと、悩んでいたようだ。家庭の事情なので、誰にも相談できなかったと。そんな中で、長谷川係長は山田先輩に思いがけない言葉をかける。

「なんか、昔は子どもをみんなで育てていたって話を聞いて、びっくりして――」

　杉山さんが挙手して質問する。

「みんなで育てていたとは、どういう意味なんですか？」

「昔は、結婚したら両親との同居が当たり前で、子育てもじいさんやばあさん、従妹《いとこ》とか、親戚が手伝ってくれることが多かったんだと。でも今は、核家族化が進んで、子育ては夫婦だけでしなければいけなくなった。だから、子育てが難しいと感じるのは普通の感覚で、誰かの手を借りてもいいんだよって、言ってくれたんだ」

「なるほど」

　昔はきっと大家族で、子育てをしていたのだろう。今は共働きだったり、専業主婦でも相談できる人が身近にいなかったりで、子育てがかつてないほど大変だと感じるのかもしれない。

「俺の両親だと妻が気を遣うから、義母に頼み込んだんだ。すぐに駆けつけてくれて、いろいろ手伝ってくれて……」

深夜の夜泣きにも、対応してくれたらしい。久しぶりに、ぐっすり眠れたという。

「いやー、長谷川係長さまさまだよ。今日も仕事をバリバリ片付けて、恩返しをしなきゃいけないな」

こんな潑剌《はつらつ》とした山田先輩は久しぶりだ。育児疲れがあとを引いていたのだろう。

「助けを求められる相手がいたら、頼ったほうがいい、かー」

「案外、難しいよね。杉山さんも、困ったことがあったら、なんでも私に言ってね」

「永野先輩……ありがとうございます。とりあえず、今日私をすっぴん扱いした、隣の課の係長をボコボコにしてきてください」

「そういうのはちょっと……」

「なんでもって言ったじゃないですか！」

「普通、こういうのは常識の範囲で、っていう意味なんだから」

なんてことを言い出すのか。しかしまあ、山田先輩が私達の会話で笑顔になったので、よしとする。

そうこうしているうちに、長谷川係長がやってきた。山田先輩はキビキビとした動きで長谷川係長のデスクに行き、昨日のお礼を言っているようだ。

長話はせずに、すぐに戻ってきた。

今日は平和な一日になりそうだ。そんな確信を抱きかけたとき、瀬名さんがやってきた。昨日は顔色が悪かったが、すっかりよくなっているようだ。

私と杉山さんのデスクの脇を素通りし、まっすぐ長谷川係長のいるデスクに向かった。

杉山さんが眉を顰《ひそ》め、小声で私に話しかけてくる。

「えっ、何、あの人。今日も長谷川係長に会いにきたんですか？」

「書類を持ってきたのかも？」

ただ、よく見たら彼女は手に何も持っていない。始業前のバタバタしているこの時間に、いったい何用なのか。

総務課のメンバー全員が、瀬名さんと長谷川係長に注目していた。

「おはようございます、長谷川係長」

「おはよう。どうしたの？」

どうしたの？　の聞き方に、ぞわっと鳥肌が立つ。あの言葉は、暗に「朝イチに来るなんて、よほど重要な用事なんだよね？　さあ、言ってごらん」という意味が隠されているのだろう。

けれど、瀬名さんは気付いていない。

「あの、昨日のお礼をと、思いまして」

「昨日？」

長谷川係長はキョトンとした顔を見せているが、腹の中では「やっぱりその話題だったか。がっかりだよ」と考えているだろう。暗黒オーラが、瀬名さんには見えていないのか。

「昨日、タクシーで送ってくださって、感謝しております。本当に、ありがとうございました」

明るくはきはきした声で、言い切った。もちろん、課内の面々はすぐさま憶測をする。デートなのか、それとも、仕事の付き合いなのか。

「それだけを言いたかったので、では」

意味ありげな発言をし、総務課のフロアから去る。これは、長谷川係長に想いを寄せる女性陣への牽制なのだろうか。

だが、長谷川係長がこのまま瀬名さんを帰すわけはなかった。

「待って、瀬名さん」

「はい？」

「昨日説明した通り、会社の近くの喫茶店の前で倒れている瀬名さんを発見したのは、永野さんだから。お礼だったら、永野さんにも言ってくれるかな？」

長谷川係長の言葉で、ソワソワしていた人達が落ち着く。ホッと安堵《あんど》しているようにも見えた。

瀬名さんは極めて明るい声で、「もちろん、そのつもりでした」なんて言っている。踵を返し、こちらへとやってくる。私の目の前に立った瞬間に、気付いた。

瀬名さんが、邪気を体から発していることに。

昨日祓ったばかりなのに、どうして？　疑問が、雨霰《あめあられ》のように降り注ぐ。

「瀬名さん――」

「永野さん、昨日は、本当に、ありがとうございました!!」

まるで、「余計なお世話でした」と言わんばかりの気持ちがこもった感謝の言葉であった。

視界の端にいる杉山さんと山田先輩は、完全に引いている。

そんなことよりも、邪気だ。

「あの、瀬名さん。朝食、食べた？」

「どうして、ですか？」

「顔色が悪いように見えたから。私、お菓子を作ったの。よかったら、食べて」

甘味祓い用に持ってきていた食品保存容器に入ったドーナツを、瀬名さんに差し出す。しかし、すぐさま手で叩き落とされてしまった。床に落ちた衝撃で食品保存容器の蓋が開き、中のドーナツが床に散らばってしまう。

瀬名さんは宙を見つめている。大丈夫なのか。焦点が合っていないようだった。

ゾッとしてしまう。邪気のせいで、意識があやふやになっているのか。

「瀬名さん？」

声をかけると、我に返ったようだった。床に散らばったドーナツに気付いたが、悪びれる様子はない。

「て、手作りなんて、気持ち悪い！」

そう言って、フラフラとおぼつかない足どりでこの場を去ろうとしていた。

床に転がったドーナツは山田先輩が、食品保存容器は杉山さんが拾ってくれた。

私に返そうかどうしようか、躊躇《ためら》いを見せている二人の背後を、長谷川係長が足早に通り過ぎる。そして、瀬名さんの腕を掴んでピシャリと言った。

「瀬名さん、待って。永野さんに、謝って」

「え？」

「今、彼女のドーナツを叩き落としたでしょう？」

「私、知らな――」

「いいから、謝って」

長谷川係長は、瀬名さんの腕をぐいぐい引っ張り、私のデスクまで連れてくる。

瀬名さんは一切悪びれもしない表情で、私を見ていた。正直、皆の前で謝らせるのはちょっと……と思ってしまう。

長谷川係長は追い打ちをかけるように、謝罪を促した。

「瀬名さん、こういうの、あとを引くとよくないから」

「う……はい。ご、ごめんなさい」

長谷川係長の強すぎるプレッシャーの効果か、瀬名さんは深々と頭を下げた。

一応、私も謝ったほうがいいだろう。邪気を祓おうと気持ちばかり焦ってしまって、余計な行動に出てしまった。

「私のほうこそ、気が利かなくてごめんなさい」

一瞬、瀬名さんは泣きそうな表情を見せていたが、すぐに無表情となった。

何はともあれ、これにて解決である。長谷川係長の言う通り、こうして全員の前で謝ることによって、きれいサッパリ解決となった。もしも謝らないままだったら、この出来事が彼女の悪評として広がっていたかもしれない。

すぐに謝らせるのは、瀬名さんのためでもあったのだろう。

長谷川係長は、胸ポケットの中に入れてあったクッキーを差し出す。あれは栄養補助食品である。たまに、朝食を食べる時間がないと言っていたので、この前お弁当の袋に忍ばせておいたのだ。もちろん、甘味祓いの呪術がかけてある。

「具合が悪いんでしょう？　これを食べて、医務室でちょっと休んだらいいよ」

「あ、ありがとう、ございます」

長谷川係長は年長者の女性社員に、瀬名さんを医務室に連れて行くよう命じる。

去りゆく二人をしばし眺めていたが、チャイムが鳴った。振り返った長谷川係長は、「さ、仕事を始めようか」と笑顔で言った。

瀬名さんがいなくなったあと、杉山さんと山田先輩が励ましてくれる。

「何ですか、あれ。超、超性格悪い！　永野先輩に落ち度はないのに！　気にすることないですよ！」

「永野、女性はいろいろあるから、今日は虫の居所が悪かったんだよ」

「あ……そうですね。ありがとうございます」

長谷川係長のアフターケアが完璧過ぎて、ドーナツを叩き落とされたことなどすっかり忘れていた。

さすが、若くして係長になるだけある。ただの口が上手いイケメンではないのだ。

すぐさま頭を切り替え、仕事をする。今日も、忙しい一日になりそうだ。

またしても、お昼に長谷川係長から呼び出される。こっそり会社を抜け出し、公園へ急いだ。

今日も、先に長谷川係長がベンチに座っていた。

「だから、走ってこなくてもいいのに」

「私が走りたいだけなので、どうかお気になさらず」

昨日、お弁当のバッグだけ持っていって、通勤鞄に入っていたジョージ・ハンクス七世を置き去りにしてしまった。常に連れ歩けと怒られてしまったので、今日はきちんと通勤鞄も持っている。

「今日も、弁当を作ってくれて、ありがとう」

「いえ、ついでですので」

長谷川係長は律儀に頭を下げる。私も、頭を下げた。

「それはそうと！　長谷川係長、瀬名さんのこと、ありがとうございました。おかげさまで、彼女の悪評が広がるのを、防げたかなと」

「気付いていたんだ。まあそれでも、瀬名さんを悪く言う人はいるだろうけれどね。うちの課の孫娘と呼ばれている、永野さんをいじめたわけだから」

「なんですか、孫娘って」

「よく働いて、真面目な永野さんを、課のみんなは孫娘のように可愛がっているって、誰かが言っていた」

課のアイドルなら聞いたことがあるが、孫娘って……。

「それよりも、昨日甘味祓いをしたのに、また邪気を溜めていたようなのですが」

「明らかに、おかしな状態だと思う。普通、数時間であそこまで邪気を溜め込まないんだけれど」

「可能性としては、彼女の家の家庭環境が荒れていて、邪気を集めやすくなっているとか？」

「そういえば、父親が経営している『ホタテスター印刷』の経営が、上手くいっていなかったね」

「ええ……」

身内に怪異が取り憑いているとか、邪気の濃度が高い場所に行ったとか、いろいろ可能性はある。だが一番の原因は、彼女の中にくすぶる邪悪な感情だろう。悪いことを考えていると、すぐに邪気を生み出してしまうのだ。

「早急に、調べたほうがいいと思うのですが――」

「何か問題でも？」

「その、『ホタテスター印刷』がある地域は、私の伯父が担当している土地で、勝手に調査すると怒られるんです」

「だったら、連絡して伯父さんに任せてもいいんじゃない？」

「ですね」

身内と揉《も》めるのは面倒なので、あとで伯父に電話することにした。

「あ、身内と言えば――！」

「何？」

お弁当を食べながら、すっかり忘れていた鬼退治について話す。

「叔母が、鬼退治をしに帰ってきたという手紙は読みました？」

「読んだよ」

にっこりと、微笑みながら返す。どうしてそう、余裕綽々なのか。この前は、叔母を警戒するような発言をしていたのに。

「大丈夫なんですか？　叔母は、永野家の中でもっとも強い陰陽師なのですが」

「そうだと思って、実家に相談したんだ」

長谷川係長はスーツのポケットから、年季が入ったお守りを出して見せてくれた。

「こ、これは?」

「長谷川家に代々伝わる、邪気祓いのお守りだよ」

実家に鬼退治の件を報告したら、送ってくれたらしい。

「ちょっと前に届いたんだけれど、これを持っていたら、会社でもかなり楽になった」

「そうだったのですね。少し、安心しました」

そんなふうに返すと、長谷川係長は淡く微笑んだ。こんな、柔らかく笑う人だっただろうか。落ち着かない気持ちになるので、長谷川係長にはいつでも暗黒微笑を浮かべていてほしい。

「鬼の血が濃いのは、ずっと自分のせいで、家族といえど関係ない、助けを求めることなぞ、言語道断なんて思っていたんだ。でも、永野織莉子に命を狙われたら、自分一人ではどうにもできないだろう。だから、意を決して相談したんだよね。実にあっさりと、家宝とも言える大事なお守りを送ってくれたよ」

そこで長谷川係長は、頼ってもよかったのだと気付いたのだという。

「もしかして、山田先輩への助言も、そこから思いついたのですか？」

昨日、育児でくたくたになっている山田先輩に、長谷川係長は言ったのだという。頼れる人がいるならば、助けを求めたほうがいいと。

「そうだね。なんか、吹っ切れたんだ。今は、昔と違う、ってね」

長谷川係長は、遠い目をしている。何か自分の中にある感情と、照らし合わせているのだろうか。詳しく聞かないほうがいいと思って、黙っていた。

◇◇◇

夜――伯父に電話した。『ホタテスター印刷』の社長令嬢の異変と、会社の経営悪化について事情を話し、調査をするようお願いした。

だが、永野家の中でも陰陽師としてひよっこの私が、次期当主である伯父に連絡したのがよくなかったのか、余計なお世話だと怒られてしまった。

担当地域の治安は、自分がきちんと守っている。もしも、『ホタテスター印刷』が邪気の温床となっていたら、怪異が集まるので気付くはずだろう、と。

一応調査はするが、今後、自分の担当外の地域について口出しするなと言われ、電話を切られてしまう。

それから二時間後、父からも電話がかかってきた。伯父が父に、注意の電話をしたらしい。

父からも、注意される。いくら異変を発見したからといって、直接報告してはいけない。まず自分を通してから、兄に伝えるべき内容であれば伝える、と。

わかっていた。だが、伯父の電話番号は、緊急連絡先であると伯父からスマホの電話帳に登録するよう言われたものである。

今回の件は緊急事態だと思って、直接電話したのだ。父にそのまま伝えたら、そういう問題ではないと返された。

下々の者が上の者に直接報告することによって、軋轢《あつれき》が生じる。間にワンクッション挟んで、伝えるのが大事だと父は語った。

正直、そのワンクッションを挟んでいる間に、事件が発生したらどうするんだと疑問に思う。伯父さんも、私に直接連絡してほしくないならば、電話番号を教えないでほしかった。

私はきっと、電話する相手を間違えたのだろう。義彦叔父さんか、織莉子叔母さんに連絡すべきだったのだ。

だが、これ以上、永野家内でゴタゴタしたら大変なので、今となっては言わないほうがいいだろう。一応、報告はしたわけだし。

次期永野家当主の活躍に、期待する他ない。

最後に、と父から忠告される。陰陽師として実力不足なのに、一人前の顔をして事件に首を突っ込むなと。

それには、言葉を返せなかった。ジョージ・ハンクス七世だって満足に使役できていないし、少し攻撃を繰り出しただけで全身の力が抜けるほど疲れてしまうのだ。

けれども、甘味祓いをして邪気を祓っている。できないなりに頑張っているのに、一人前ではないとはっきり言われるのはショックだ。

返す言葉も見つからず、「わかった」と呟くように言って電話を切った。

ため息をついていたら、叔母からのメールを着信する。明日は帰るという、その一文を見て、少しだけ元気になった。

◇　◇　◇

あっという間に、この前叔母に誘ってもらったお茶会当日となる。

花色衣から届いた着物を、これから叔母に着付けてもらう。

「はー。遥香に私の着物を着てもらえる日がくるなんて、幸せだなー！」

「そんなふうに喜んでもらえるなんて」

「当たり前じゃない！」

先日実家に帰ったときにも、叔母はペラペラと私について語ってきたらしい。親戚一同、うんざりしたことだろう。

「父さんに、初孫を愛《め》でる爺婆《じじばば》レベルで可愛がっているとか言われて」

「初孫……！」

どうして私は、孫ポジションなのか。もう二十五にもなるのだから、せめて初めての娘とかにしてほしい。いや、そういう問題ではないか。

届いた小物や着物を見ていると、着付けが大変そうなのではと申し訳なくなる。初夏用の着物と聞いていたので、成人式の着物よりはずっと簡単だと思っていた。甘い考えだった自分を、叱りたい。

お化粧と髪結いは自分でしようと思っていたが、叔母に引き留められた。

「遥香、自分でやるのはダメ！　私が、するの！」

「で、でも、織莉子ちゃん、自分の身支度もあるでしょう？」

「私は大丈夫。自分のだと、ぱぱーっとできるから」

頼むからやらせてくれと頭を下げたので、そこまで言うならばと、お言葉に甘えさせてもらった。

叔母は芸能人だが、仕事の場でもメイクはすべて自分でするらしい。もちろん、最初からしていたわけではなく、長年の芸能生活の中で、プロのメイクさんからアドバイスをもらって習得した技だという。

「これから、遥香をとびきり綺麗にしてあげるんだから！」

「わ、わーい……」

着物映えする化粧を、叔母は丁寧に施してくれる。髪型は、三つ編みを後頭部に巻いてまとめてくれたようだ。

後れ毛は、前髪付近ともみあげ、後ろの髪の三ヵ所。ヘアアイロンで、緩く巻いてくれる。杉山さんが前に言っていた通り、三ヵ所作っていたので思い出し笑いをしてしまった。

「どうしたの？」

「いや、会社の子が、後れ毛を三ヵ所作るのは、可愛さの演出とか言っていたから」

「その通り。こなれ感が出せるのよね。私くらいの年齢になると、しないけれど」

「そうなんだ」

「小顔にも見えるから、めちゃくちゃ可愛くなるの」

「なるほど」

重要なテクニックを、教えてもらった。叔母が「自由に使っていいよ」と言ってくれていたヘアアイロンは洗面所にずっと放置されていたので、いつか挑戦してみたい。

続いて、着物を着る。夏用であれ、冬用であれ、着物を着るというのは大変の一言。叔母の額に、汗が浮かんでいた。

お茶会の席は暑いので、長襦袢は真夏用をチョイス。お茶会にはドレスコードのようなものもあるようで、叔母はそれに合わせた一式を花色衣の八月一日さんと話し合って揃えてくれていたようだ。

「よし、これで完成！」

完成した姿を、全身を映す鏡で確認してみた。

「え、これが、私!?」

アザミの着物が、先日見たときよりも鮮やかに、かつ美しく見える。

まさかこんなに綺麗に着こなせるなんて、信じられない。

成人式の着物姿は、正直「七五三みたいだな」と思っていた。けれど、叔母が見立てくれた着物姿は、自分で言うのもなんだけれど綺麗に見える。

「やっぱり、遥香を一番綺麗にできるのは、私なのよ。成人式のときは、徹底的に戦えばよかったわ」

「いや、成人式はお祖母ちゃんとお母さんが張り切っていたから」

「まあ、そうよね。結婚式の白無垢《しろむく》は、絶対私が着付けするわ……。いいや、ダメよ。遥香は結婚しないの！　私と楽しく暮らすんだから！」

叔母の愛が、重たい。思わず笑ってしまうほどに。

「冗談言っていないで、織莉子ちゃんも用意しないと」

「冗談じゃないのに」

「はいはい」

叔母はどんな着物を選んだのか。楽しみに待機していた。

心配といえば、長谷川係長である。いったい、どんな恰好で来るだろうか。

もちろん、スーツでも問題はないようだけれど……。長谷川係長とは、現地で集合しようと約束していた。服装については、お楽しみというわけである。

長谷川係長のことだけでなく、私自身の茶道のマナーについても心配だった。一応、中学生から高校生のときに勉強していた時のノートを引っ張り出し、復習していた。

だが、茶道の感覚を、短期間で思い出せるわけがなかったのだ。誘いを受けた当初は、毎日少しずつ思い出せばいいなんて考えていた。しかし現実は甘くなかったのである。実際は、毎日くたくたで帰宅して、最後の力を振り絞ってお弁当の下ごしらえをして力尽きる、という感じだったのだ。

もう、こうなったらままよ。叔母の隣に座って、一挙一動真似すればいい。ただ、それだけだ。

「遥香ー、行くよ」

「はーい」

叔母は短い時間で、美しく着飾っていた。

選んだ着物は、深緑色の生地にトンボが裾に描かれたシックな訪問着であった。銀糸で刺された雲模様の帯が、全体をきゅっと締めている。さすが、叔母だ。着こなしが完璧である。

「忘れ物はないわね？」

「大丈夫！」

ジョージ・ハンクス七世は、残念ながら連れて行けない。着物用の鞄は、お財布とスマホ、ハンカチとポケットティッシュだけでいっぱいになってしまうのだ。

ジョージ・ハンクス七世はお茶会にもついていくつもりだったのか、お留守番をお願いすると抗議のつもりか、滑車を高速でカラカラ回していた。ごめんと、謝るほかない。

「じゃあ、ジョージ・ハンクス七世、行ってくるね」

『気を付けろよ』

「わかった。ありがとうね」

タクシーで、会場まで向かう。

「浅草の一等地に茶室を持っているって、すごいね」

「外国人の観光客向けに、茶道を教えているみたい」

「そうなんだ」

浅草は外国人の多い観光地だからか、茶道体験ができる場所がいくつもあるらしい。茶席に参加するだけではなく、着物の着付けもできるようだ。日本人向けの体験入学も人気だという。知っていたら、勉強がてら立ち寄ったのに。

「大丈夫よ。参加者のほとんどは、茶道の初心者なのだから」

「うう……！」

浅草の雷門から徒歩五分ほどの場所にあるようだ。アクセスもいいので、連日賑わっているという。

道が狭いので、途中でタクシーから降りた。

浅草寺近くの賑やかな観光通りから、静かな路地裏へと入る。すると、純和風の平屋建ての建物が見えてきた。そこに、着物姿の男性が一人佇んでいる。

「あれ、もしかしてお隣さん!?」

「長谷川係長、ですね」

驚いた。まさか、着物姿で現れるなんて。一応、前日にカジュアルなお茶会だからスーツでも大丈夫だと伝えていたのだが。

長谷川係長は私達に気付き、ぺこりと会釈した。その様子は、実にサマになっていた。あれは、着物のときにどう動けばいいか知っている人の所作だ。

だが、長谷川係長は、藍鉄色の単衣《ひとえ》に鈍色《にびいろ》の絽袴《ろばかま》を合わせている。一見して地味な色合いだが、長谷川係長が着ると華やかに見えた。恐ろしいくらい、よく似合っている。色合いといい、着こなしといい、茶会の席に相応しい恰好だろう。

目があった瞬間、ドキンと胸が高鳴った。同時に、なんだか切なくなり胸が苦しくなる。この気持ちは、なんなのか。着物姿の長谷川係長を眺めていると、落ち着かない気分になる。

どこかで、着物を着た長谷川係長を見たことがあるような気がしたが、まったく、これっぽっちも思い出せない。

「遥香、ぼーっとして、どうかしたの？」

「あ、いや、なんでもない！」

ぶんぶんと首を横に振り、モヤモヤとした思いを振り払う。今は、お茶会に集中しなければならないだろう。

長谷川係長が引き戸を開けてくれたので、ありがたくのれんの下を潜る。中へ入って案内されたのは、待合室だった。そこには、千利休のありがたいお言葉が書かれた掛け軸や、道具の一覧が記された目録があった。それを見つつ、時間まで待つらしい。

先に来ていた男性に、叔母が会釈する。どうやら、知り合いのようだ。

年頃は、私と同じくらいか。和風美形男子、といった感じで、スッと伸びた背筋から育ちの良さを感じる。目が合うと、無邪気な笑顔を見せてくれた。

なんでも、同じ流派の師範代であると。本日の主催者である亭主——茶席の中心人物が彼の弟子のようで、成長っぷりを見にきたようだ。

年若くして師範代とは……と思っていたが、三十はとうに過ぎていると話していた。人は見かけによらないようだ。もらった名刺には、茶人胡桃沢理人《ちゃじんくるみざわりひと》と書かれてあった。

茶道界では有名人だと、叔母が耳打ちする。

これで、全員らしい。一度に何名も招くと思いきや、一日三回、少数でのお茶会をするようだ。十名くらいで一気にもてなす形だと想定していたが、そうではなかった。思っていたよりも少ない人数なので、緊張してしまう。

時間になり、叔父が現れた。眼鏡をかけた、知的な人物である。

私を見た瞬間、目を僅かに眇める。不快感の滲んだ瞳のように見えたが、パチパチと瞬きしているうちに普段の叔父に戻った。

もしかして、叔母が私のマンションにばかり入り浸っているので、よく思っていないのだろうか。申し訳ないとしか言いようがないが。

茶室へ移動する間、長谷川係長が私の肩を叩き、耳打ちする。

「あの親戚のおじさん、注意しておいたほうがいい」

淡く、邪気が滲んでいたようだ。瞼を擦って目を凝らしてみると、たしかに叔父は邪気を発している。緊張していたからだろうか、まったく気付かなかった。

再び、長谷川係長は接近して、私の耳元で囁いた。また、何か発見したのだろうか。

「着物、よく似合っている。綺麗だね」

「へ!?」

業務連絡ではなかった。思いがけない甘い言葉に、顔がカーッと熱くなっていく。長谷川係長は私を置いて先に行く。そして、小さなにじり口から茶室へと入っていった。

亭主のもてなしの言葉が書かれている掛け軸を拝見し、上品に生けられた花を愛でる。唐銅《からかね》の花器も、趣があって大変すばらしいものだと頷いておく。釜と炉縁も、ザ・日本！　という感じで、古き良き文化がこれでもかと詰まっているように見えた。なんだか、残念な感想しか思い浮かばないけれど、これが今の精一杯である。

もっとも上位の席には、胡桃沢さんが座っていたので、ホッと胸をなで下ろす。

あの位置に座る正客《しょうきゃく》という立場の人は、亭主の近くで和やかに会話をしたり、お礼を言ったりしなければいけない。素人に務まる役割ではないのだ。お師匠様が正客をするのは亭主にとってはプレッシャーだろうが、頑張ってほしい。

亭主である、年頃は六十代くらいの渋いおじさまがやってくる。歓迎の言葉のあと、亭主は掛け軸について触れ、お花のテーマも語られる。今日はかしこまった茶会ではないので、おいしいお菓子とお茶を味わい茶道の楽しさを知ってほしい、という言葉で締めくくられた。

その後、叔父の手によってお菓子が運ばれてくる。僅かな邪気が、湯気が立つように揺れていた。いつもは、あんなふうに邪気を纏っていないので心配である。

本日のお菓子は、ひまわりを模った練りきりだ。鮮やかな黄色が、夏の爽やかさを思い出させてくれる。

胡桃沢さんが、代表して亭主にお菓子について質問する。これも、茶道において重要なやりとりなのだ。

「あのー、これは、なんていうお菓子なんですか？」

なんだか、幼稚園児が大人に質問するような、大きくてハキハキとした物言いだった。あまりにも無邪気な様子だったので笑いそうになるが、奥歯をぎゅっと嚙みしめて我慢する。

私よりも、亭主のほうが辛そうだった。肩をぶるぶる震わせ、ゴホンゴホンと咳《せ》き込《こ》んで耐えているように見えた。

震えた声で、なんとかお菓子の説明を終えていた。

練りきりは、原料にひまわり関係の物を使っているわけではないようだ。目で見て楽しむお菓子だという。もちろん、味もおいしい。品のある白あんの風味で口の中が満たされる。

お菓子を食べ終わると、亭主が茶を点《た》て始める。シャッシャッという、薄茶を茶筅《ちゃせん》で混ぜる音だけが、響いていた。

亭主の作った薄茶は胡桃沢さんに振る舞われる。他の人の分は、弟子があらかじめ点てていたのをいただく。

茶器が載った盆を、叔父が持ってきた。

叔母、長谷川係長、私の順で置かれる。が、明らかに、私の薄茶だけ様子がおかしい。邪気みたいな黒い靄が、もくもくと漂っていた。

叔父は私を見て、ニヤリと笑う。ゾクリと、背筋に悪寒が走った。明らかに、おかしなものを私に飲ませようとしている。

もくもくと邪気が漂うお茶なんて、口にしたくない。だが、亭主が勧めるので、皆お茶を飲み始めている。

躊躇っていると、亭主に話しかけられてしまった。

「どうか、しましたか？」

「いえ、いただきます」

亭主が余所を向いた瞬間、長谷川係長が私の薄茶と自分の薄茶を入れ替えた。

一拍おいて、長谷川係長の顔を見上げる。黙っておくようにと、人差し指を立てていた。そして、邪気を含んだお茶を、優雅に飲み干していた。

うわっ！　と声を上げそうになったが、喉からでる寸前に飲み込んだ。

邪気が漂うお茶を口にするなんて、大丈夫なのか。ハラハラしながら、長谷川係長の様子を窺《うかが》う。

特に、変化はない。意外と平気なのだろうか。

いいや、そんなわけない。あんなものを飲んだら、一大事だろう。

長谷川係長は私のほうを見て、早くお茶を飲むよう視線で促す。亭主の心配そうな視線も気になっていたので、薄茶を飲んだ。

再び、長谷川係長を横目で見る。額に汗が滲み、とても辛そうにしていた。やはり、大丈夫なわけがなかったのだ。

周囲に気付かれないよう長谷川係長の肩に触れたが、大丈夫だと軽く首を振る。

場の空気を壊したくないのだろう。何も言うなという気迫が、ビシバシと伝わってきた。

あと五分もしないうちに、お開きとなるだろう。ここは長谷川係長の意思を尊重し、黙っておく。本心では、今すぐお茶会を中断して休んでほしいのだけれど……。

ハラハラしてしまい、お茶会どころではなかった。早く終わってくれとばかり、念じてしまう。

亭主への挨拶が終わり、ようやくお茶会はお開きとなった。

来たとき同様、にじり口から外に出る。胡桃沢さんとは、ここで別れた。今から、亭主にダメ出しをしにいくという。私から見たら完璧に見えたが、師匠目線だとそうではなかったのだろう。広げた扇子をヒラヒラ振りながら、胡桃沢さんは奥の部屋へと消えていった。

長谷川係長の顔色は、すこぶる悪い。邪気の影響で、ジワジワと鬼の気配を匂わせつつあった。長谷川家のお守りのおかげか、おそらく叔母はまだ気付いていない。しかし、バレるのも時間の問題だろう。先に叔父の異変を伝えて、叔母と長谷川係長を別行動にさせたい。すぐに、叔父の異変を報告する。

「織莉子ちゃん。なんか、叔父さんの様子がおかしかったんだけれど」

「え、そう？　いつもの、愛想のなさを発揮しているなとは思っていたけれど」

「そうなんだ。でも、邪気を僅かに発していたから」

「は？　今、なんて言ったの？」

叔母は目が点となる。何か、変なことでも言ったのだろうか。

もう一度、邪気について伝えようとしたら、長谷川係長が口を挟む。

「遥香さんは、悪意を持っているように見えたんですよね？」

「悪意？　どうして？　うちの旦那が遥香に悪意を抱くわけがないじゃない。それはそうと、遥香って気安く呼ばないでくれる？」

叔母は長谷川係長をジロリと睨んだ。あまり見つめたら、鬼だとバレてしまうかもしれない。私は長谷川係長と叔母の間に割って入り、状況の説明をした。

「で、でも、なんか、叔父さんが私のほうを見て、嘲笑った気がして」

「まさか！　あの人が、遥香を嘲笑うわけ――」

「嫉妬から生じたものでは？」

長谷川係長がズバリと指摘する。

「し、嫉妬って、どういうことよ？」

「旦那のいる家に帰らずに、姪のところに入り浸っていたら、面白くないかと。一度、話してきたほうが、いい……」

長谷川係長は限界といった感じだ。早く、休ませなければ。そう思っていたのに、
叔母に引き留められる。

「そ、そうね。それよりも、長谷川さん。顔色が悪いけれど、大丈夫？　休んでから帰ったほうがいいわ。次のお茶会まで二時間あるから、少し待合室で座っていたら？お茶の先生に、話しておくから」

長谷川係長は、青い顔色のままコクリと頷く。叔母は長谷川係長を待合室まで連れて行こうとしたが、介抱は私が買ってでる。

もしも、邪気をその身に溜めている状態であれば、一刻も早く祓わないといけないだろう。

長谷川係長は自力で待合室まで歩いたが、たどり着いた瞬間に床に座り込んだ。

「だ、大丈夫ですか!?」

「邪気を直接口にするのは、しんどい」

「待ってくださいね」

こういうこともあろうかと、甘味祓いの呪術をかけたラムネ菓子を持ち歩いていたのだ。幼児用の、口に入れたらすぐに消えてなくなるソフトラムネである。

そんなラムネを手渡したが、長谷川係長の指先には力がなく、そのままポトリと落としてしまった。

すぐに拾い上げ、開封して口元へと持っていく。このまま、私が食べさせるしかないのだろう。唇に押し当て、口の中へ親指で押して入れた。

一瞬、長谷川係長の唇に触れてしまった。不可抗力である。人命救助のためなので、許してほしい。

顔を覗き込む。具合がよくなったようには見えない。

「もう一つ、食べますか?」

「いや、それよりも、手を、握ってほしい」

「え!?」

なぜ、手を? 疑問に思ったが、差し出された手を握る。すると、不思議なことに顔色がみるみるよくなっていった。

「あれ? 今になって、甘味祓いが効いたとか?」

長谷川係長はそれには答えず、「ありがとう」と言って手を放す。立ち上がったが、まだふらついていた。

「長谷川係長、椅子に座ってください」

腕を引き、長椅子のあるほうへと誘導する。まだ、万全には見えない。しばし休んだほうがいいのだろう。

「あの、よろしかったら、膝をお貸ししましょうか?」

私の突然の提案に、長谷川係長は驚いた顔を見せている。でも、いくら彼が鬼とはいえ、具合が悪いのに放っておくわけにはいかないだろう。

「ちょっとだけでも横になったら、気分がよくなると思うんです」

「いいの？」

「はい、どうぞ」

膝をポンポンと叩いたら、長谷川係長は横たわって頭を預けた。

よほど辛かったのだろう。安心しきったように、目を閉じている。眉間の皺も、横になった瞬間に解れた。

なんだか、不思議な気分だ。長谷川係長に膝を貸しているなんて。

以前にも、こんなことがあった。あれは月夜の美しい晩で……、ふと、脳裏に浮かんでくるのは和装姿の私と――。

いいや、そんな記憶なんてない。膝を貸したのは、今回が初めてだ。

いったいいつ、長谷川係長と月夜の晩を過ごしたというのか。

胸がドキドキと鼓動する。なんだか、おかしい。こうして、長谷川係長と密着状態にあるからだろうか。

首を横に振り、ありえない記憶の欠片《かけら》を隅に追いやる。

今はただ、長谷川係長の回復を待つばかりだ。

三十分後――長谷川係長はパチリと目覚めた。

「なんだか、長時間眠っていたような気がする」

晴れやかな顔で上体を起こし、伸びをしていた。

「三十分くらいしか眠っていないですよ」

「そうだったんだ。普段も、夜はあまり眠れないんだけれど。永野さんの膝枕がよかったのかな」

「まさか！」

発言にドキドキしつつも、いつもの長谷川係長に戻ってホッと安堵する。

スマホを取り出したら、叔母からメールが入っていた。一時間くらいであれば、待合室を使ってもいいと。それ以上かかるようであれば、連絡をするようにとあった。もしも、具合が回復したら、そのまま帰っていいらしい。主催者側も忙しいので、相手をしている暇などないのだろう。

「長谷川係長、もう帰れそうですか？」

「おかげさまでね」

だったらもう帰ろうと思い、叔母に長谷川係長の具合はよくなりましたと返しておく。先に立ち上がり、手を差し伸べる。長谷川係長はキョトンとした顔で私を見上げた。

「手、貸します」

「ああ、ありがとう」

長谷川係長は私の手を握り、立ち上がる。

「膝枕代を請求されたのかと思った」

「そんなわけないじゃないですか」

膝枕で商売できたら、兼業陰陽師なんてしていないだろう。軽口を言う元気がでてきたので、よしとする。

そのあとは、タクシーで帰宅した。


数時間後——心配だったので夕食を差し入れたら、いつもの長谷川係長だったので安心する。

「あ、そうだ。永野さん、ちょっと話があるんだけれど、いい？」

「なんでしょう？」

手招きされる。長谷川係長の家に上がり込めというのか。

「玄関で話すと、ご近所さんの迷惑になるから」

「あ、ああ。そうですね」

ドギマギしつつ、長谷川係長の部屋にお邪魔する。

ここに足を踏み入れるのは、二回目だ。以前は、引っ越した当日だったので、段ボール箱だらけだった。

リビングは白を基調とした、シンプルモダンな感じである。天井からは、オシャレが過ぎる木のシェードランプがぶら下がっていた。高そうなアラベスク柄のラグマットに、指紋一つないガラステーブル、白いソファにはグレイの大きなクッションが鎮座している。部屋の隅っこには、間接照明が置かれていて、ムーディーな空間を演出しているような気がする。テレビは見当たらないが、ソファ近くのサイドテーブルにタブレット端末が置かれていた。あれで、映画でも見ているのだろうか。

それにしてもモデルルームみたいで、まるで生活感がない。普段から、ラーメンを啜《すす》っている様子なんかも想像できないけれど、家に来てなおそれを感じてしまうなんて。恐るべき、イケメン！　と思ってしまった。

「アップルサイダーでいい？」

そんなことを言いながら、その辺のスーパーではまず見かけないような緑色の瓶を持ってくる。飲み物もオシャレなのかよ、と突っ込みそうになってしまった。

ぼんやりしている間に、グラスにサイダーが注がれる。立ち尽くす私に、長谷川係長は三人掛けソファの隣の位置をポンポンと叩いていた。ここに座れと言いたいのだろう。

少し離れた場所に腰を下ろす。

「それで、話とは？」

「ああ、そう。邪気についてなんだけれど――」

あのあと、叔母からメールが届いていた。叔父については、少し話し合う、とだけ書かれていた。邪気については、何も報告はない。

「邪気が見えるっていうの、たぶん、永野さんだけなんだと思う」

「え!?」

皆、普通に見えるのだと思っていたが、そうではないらしい。

そんなバカなと思ったが、言われてみたら邪気について詳しく話した記憶はなかった。信じがたいことだが、叔父の邪気が見えたことについて話そうとしたときの叔母の反応を思い出す。何を言っているのかわからない、といった様子だった。

「でも、邪気が見えなかったら、どうやって怪異を探していたのか……」

「陰陽師は、怪異の邪気を感じているんだ」

「か、感じる？」

「ゾクッと悪寒を感じたり、空気が重たく感じたり、頭痛がしたり。邪気の感じ方は、人それぞれだと思う」

「邪気を見て、怪異と対峙しているわけではないのですか？」

長谷川係長は深く頷いた。

鬼の血が流れる長谷川係長には、当然邪気が見える。

「長谷川家も、その昔は陰陽師として活動していたけれど、邪気が見えるということは隠していたみたい。普通の陰陽師には、見えないからね」

「どうして、私は邪気が見えるのでしょうか？」

「さあ？　まあ、俺みたいに、鬼の一族だから、というわけではないと思うけれど」

「もしかして、お茶会のあと、邪気について話をしているとき、わざと言い換えてくれたのですか？」

私が邪気のことを話すと、叔母は怪訝《けげん》な表情になった。そのさい、長谷川係長は「邪気」を「悪意」と言い換えてくれたのだ。

「親戚といえど、邪気が見えることに対してどう思うかは、わからないからね」

「でも、叔母は私の味方ですし」

「永野さん、この世に完全、完璧な味方なんて、いないんだよ」

長谷川係長の言葉は、体の芯にしみ通るほど冷たい。けれど、そのとおりだろう。人はそれぞれ、立場がある中で生活している。もしも、家族と立場を天秤《てんびん》にかけて、どちらかを失うと言われたら、家族を選ぶ人がどれだけいるのか。

叔母だって、芸能生活と私の存在、どちらか選べと言われたら、私なんか選ばないだろう。そういう意味では、叔母は完全に私の味方、というわけではない。

「これからも、邪気が見えることとは、言わないほうがいいだろう」

「私も、そう思います」

「癒やしの力についても」

「癒やし、ですか？」

何を言っているのだろうか。そう思って長谷川係長を見たら、やれやれといった感じで呆れた表情を浮かべている。

「あの、癒やしの力とは、なんですか？」

「そのままの意味。茶会のとき、邪気入りの茶を飲んで、死にそうになっていたんだけれど、永野さんに触れたら体内の邪気が、活力へと変わっていったんだ。間違いなく、癒やしの力だよ」

「そ、そんな能力、初めて知りました！」

「だろうね。癒やしは、触れたほうが感じるものだから」

「ですが、今まで怪異が取り憑いた人と、もみ合いになったときもありましたが、癒やされている感じはありませんでしたよ」

「推測になるけれど、癒やしは相手が望んで初めて受け取れるものなんだと思う」

「相手が助けを求めていないと、癒やしを得られない、というものですか？」

「たぶんね」

聞けば聞くほど、不思議な力だ。陰陽師の呪術の中に、癒やしの力があるなんて耳にしたことがない。

「永野さんはきっと、癒やしに特化した陰陽師なんだと思う。癒やしの力を使っても、とくに疲労感とかなかったでしょう？」

「はい」

「だったら、違いない。これも推測の域だけれど、癒やしと攻撃は真逆の位置にある。だから、攻撃を与えようとしたら、酷く疲れてしまうのでは？」

「そ、そうなのでしょうか？」

「そうに決まっている。今度から、俺が怪異を攻撃して、永野さんはサポートという形にしよう。それがいい」

長谷川係長は優しい声で言った。これまで、大変だっただろう、と。

「怪異と戦えないなりに、工夫をして立ち向かっていたなんて、普通の人にはできることではない」

「はい……」

「今まで、よく頑張った」

「ありがとう、ございます」

なんだか、憑きものが祓われた気分だ。

私の中にあった「どうして私はいつまでたっても、へっぽこ陰陽師なのだろう？」という自分を責める気持ちが、スッと消えてなくなる。長谷川係長が、私の癒やしの力に気付いてくれたからだろう。

今までの奮闘を認めてもらった上に、労いの言葉までかけてくれた。こんなに嬉しいことはない。心が、じんわりと温かくなる。

「ただ、この癒やしの力は、汎用性は低いだろうね。なんと言っても、陰陽師という生き物は、ひときわ邪気に敏感だから。体内に、邪気を溜め込むなんてことは、しないだろう」

「それは、そうですね」

「鬼であり、人である俺くらいにしか、使えないんじゃないの？」

「いやいや、もっと、可能性を探っていきましょうよ」

「珍しい能力だから、日本のどこかにあるという、怪異の研究をしている実験室送りにされてしまうかもよ？」

「そ、それはイヤです！」

「だったら、二人の内緒にしておこう」

長谷川係長は唇に人差し指を当てながら、そんなことを言う。こういう仕草がサマになるのが、なんとも悔しい。

「休憩時間のたびに、癒やしてくれたら非常に助かるんだけれど」

「休憩のたびに二人揃って消えたら、怪しすぎるじゃないですか！」

「もう、付き合っていることにしようよ。面倒くさい」

「絶対にイヤです！」

「どうして？　別に、好きじゃなくても、お付き合いはできるでしょう？」

「そ、それは、そうですけれど」

「何か、気になることでもあるの？」

「この年になると、真剣なお付き合いをしたいんです」

「だったら、真剣に付き合うから」

「そんなことを言って、私を女性という荒波から自分を守る防波堤代わりにしようという魂胆は、わかっているのですよ！」

「防波堤って」

どうやら、ツボに入ってしまったようだ。長谷川係長は肩を震わせながら笑っている。

「あー、面白かった。まさか、自分を防波堤に喩えるなんて」

「笑わせるつもりで言ったのではないのですが」

「おかしいな。優良物件だと思っていたのに」

「大した自信ですね」

長谷川係長と付き合うと、得することよりも損するほうが多いに決まっている。会社の女性に妬まれながらお付き合いをするなんて、絶対に嫌だ。

「ただ、本当に辛いときは、おっしゃってください」

「わかった。ありがとう」

目を細め、淡く微笑む。それは反則だ。

いつもみたいに、腹黒い微笑みだけしていたらいいのに。長谷川係長の自然な笑顔を見ていると、胸がぎゅっと切なくなる。この気持ちは、なんなのか。

脳内会議を開いて理由を探ったが、答えは出てこなかった。


その後、家に帰ると、ジョージ・ハンクス七世から『遅いじゃないか！　心配したぞ！』と怒られてしまった。たしかに、夕食を差し入れに行っただけなのに、一時間半も帰ってこなかったら心配するだろう。

「長谷川係長の家で、ちょっとお話ししていたの」

『何を話していたっていうんだ』

「今日の、お茶会のこととか、長谷川係長の体調のこととか」

正直に答えたら、ジョージ・ハンクス七世にため息をつかれてしまった。

『おい、遥香。あの男に、深入りするなよ？　相手は、鬼、なんだからな。もしも、陰陽師が攻めてきたら、お前自身を盾にする可能性もある』

「――――ッ!!」

ジョージ・ハンクス七世から注意を受けた瞬間、目の前が真っ赤に染まる。

これは――血の赤だ。

その向こうに、驚いた表情の鬼が、見えた。

『遥香？　おい、どうかしたのか？』

「あ――なんでもない」

ぶんぶんと首を振る。先ほど見えたものは、何だったのか。鬼と深く関わると、こういうことになるという警告なのか。

わからない。けれど、用心するに越したことはないだろう。

『温かい風呂に入って、ゆっくり休め』

「うん、ありがとう」

ジョージ・ハンクス七世の言う通り、アツアツのお風呂に入って、すぐに布団に潜り込む。

なんだか、大変な一日だった。

第三章

陰陽師は鬼と対峙する！

（※ただし、役割はサポート）

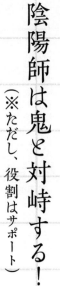

外は雨。とうとう、本格的な梅雨のシーズンにさしかかる。

お茶会の日が雨でなくて、本当によかった。天の神に感謝する。

天気予報を見ても、晴れ間は一切なかった。洗濯物を室内で乾かすことになるので、若干憂鬱である。

梅雨のシーズンの楽しみといえば、紫陽花くらいか。

公園で見かける紫陽花は、雨が降っていると綺麗に見えるから不思議だ。他の草花だと、そうはいかないだろう。褪《あ》せた空が、そう見せてくれるのか。

けれど、紫陽花が綺麗に見えるくらいで、他に楽しみなんてない。ザーザーと降る雨を、ぼんやり見つめていると憂鬱になってしまう。

今日は叔母とショッピングの予定だった。

朝、一緒に楽しむつもりだったフレンチトーストも、一人でモソモソ食べることになってしまった。

テレビをつけると、また新たな行方不明事件が報道されていた。気分が悪くなるので、テレビはすぐに消した。

九時過ぎに、叔母から謝罪のメールがあった。昨晩、叔父と話し合ったらしい。確かに私に対して嫉妬していた感情があったという。

これからはなるべく、夫婦で過ごす時間を多く取るようにする、とメールに書いてあった。今日のショッピングは中止。豚キムチ用のお肉とキムチも、食べていいよと書かれてある。しばらく、このマンションには来ないつもりなのだろう。

叔母が一緒にいれば、叔父の邪気も祓われていくだろう。心配は不要だ。

けれど、今までみたいに叔母はこちらのマンションに入り浸ることはなくなるだろう。それは、結構寂しい。

今になって気付く。いつも父や母に、叔母は私に依存していると言われていた。そうではなかったのだ。逆に私が、叔母に依存していたのだろう。

これからは、叔母に頼らず生きなければいけない。このマンションからも、出て行ったほうがいい。けれど、いきなりは無理だろう。

少しずつ、少しずつ、独立のための準備をしなければ。

なんだかモヤモヤした気持ちが、胸に残っていた。こういう日は、お菓子を作るに限る。

今日のお菓子は——鯛焼《たいや》きだ。去年の忘年会でやったビンゴで見事当選した、鯛焼きメーカーを使うのだ。なんと、一回に二匹も焼ける優れものである。

鯛焼きがおいしいお店を知っているので、なんとなく自分で作ってまで食べることはないな、と思っていた。しかし、今はなんだか、鯛焼きを食べたい気分だった。

今日みたいな雨の日は、手作りで鯛焼きを作るのもいいだろう。

冷凍庫に入れておいたあんこを、解凍する。叔母がやってきて、お饅頭を食べたいと言うかと思って作っておいたものだ。たぶん、しばらく叔母は来ないので、消費してしまってもいいだろう。

生地はホットケーキミックスを使う。ボウルに入れて、卵を一つ落とした。牛乳を注いで、ダマが残らないよう泡立て器でしっかり混ぜる。

鯛焼きメーカーに油を薄く塗り、生地を垂らす。中に、あんこをたっぷり入れた。あんこを覆うように生地を垂らし、鯛焼きメーカーの蓋を閉じる。

焼くこと五分ほどで、完璧な鯛焼きが完成した。鯛の型からはみ出た生地も、しっかりパリパリに焼き上がっている。

牛乳を用意して、思いっきりかぶりつく。

「んん——!!」

外はカリカリ、中の生地はふっくら。あんこのほどよい甘さがたまらない。私も叔母もこしあん派なので、こしあんの鯛焼きが食べられるのは手作りならではだろう。周囲のパリパリ部分も、またうまし。これが、牛乳との相性抜群なのだ。

なんだか物足りない。私のお腹は、まだ何か欲しているような気がした。

今度は、しょっぱい系を欲しているような気がする。冷蔵庫を覗くと、豚キムチ用に買っておいた豚の薄切り肉を発見した。豚キムチを食べたい気分ではない。

そうだ、お好み焼きにしよう。そう思って振り返った先に、鯛焼きメーカーを発見する。

これでお好み焼きを作れるのではないかと、閃いてしまった。ホットプレートを出すのは面倒なので、ナイスアイデアである。

さっそく、調理を開始する。

ボウルにお好み焼き粉とキャベツ、天かす、水、卵を入れて混ぜる。鯛焼きメーカーに油を塗り、生地を垂らしていく。中心に、マヨコーンを入れてみた。生地でマヨコーンを覆い、その上に豚の薄切り肉を載せる。あとは焼くだけだ。

しっかり生地とお肉に火を通して、蓋を開く。見た目はまんま、鯛焼きだ。けれど、中身はお好み焼きである。

お皿に盛り付け、上からお好み焼きソースとマヨネーズをかけ、青のりを振り、仕上げにかつおぶしを散らしたら、お好み焼き鯛焼きの完成だ。焼きが二回入っていておかしなネーミングになったけれど、気にしたら負けである。

鯛焼きのように手掴《てづか》みで食べるのは難しい。かといって、カリカリに焼かれているのでお箸で生地を裂くのも困難だろう。

そんなわけで、ナイフとフォークを使ってお上品に食べる。飲み物は、キンキンに冷やした麦茶で。

生地の違いか、それとも油の多さからか、先ほどの鯛焼きよりもカリッカリだった。ナイフでザクッと切り分け、頬張る。

サクサクカリカリの生地と、キャベツのシャッキリとした食感、それからソースの濃い風味が口の中で合わさり、最高の味わいとなる。マヨコーンの甘さも、いい感じだ。鯛焼きメーカーの底に仕込んでいた豚肉は、せんべいみたいに香ばしく焼けていた。おいしさを最大限にまで引き上げてくれる。

このお好み焼きは、お店が開けそうなほどおいしい。会社を辞めて、浅草で鯛焼きのお店を開いてみようか。

なんて妄想をしつつ、平らげてしまった。

残りの鯛焼きは、長谷川係長に持って行った。笑顔で受け取ってくれたので、ホッとする。

「では、また明日」

「あ、ちょっと待って。この前の、『ホタテスター印刷』の件はどうなった？」

「その件ですが――」

このまま話し込んだら、ジョージ・ハンクス七世が心配してしまうだろう。そんなわけで、長谷川係長を家に招いた。

ジョージ・ハンクス七世は、敵意の滑車カラカラをしていた。長谷川係長は、まったく気にも留めていなかったが。

「それで、どうしたの？」

「伯父に報告したところ、怒られてしまって」

「どうして？」

「自分のテリトリー内について、他人がいろいろ物申すのは、面白くないみたいで。それに、異変があれば、とっくに気付いているとご立腹のご様子でした」

「なるほど、ね」

「一応調査をすると言っていましたが、その後、連絡はないのでどうだったかは存じません」

「だったら、電話して聞いてみてくれる？」

「そ、それがですね。伯父に、直接電話をするなと、父に言われてしまって。もしも、話をしたいときは、父を通すようにと」

「何それ。なんで、そんな風に注意されるの？」

「突っ込んで話を聞いたわけではないのですが、私みたいなひよっこ陰陽師が物申したので、プライドを傷つけてしまったのかな、と」

「馬鹿らしい」

本当に、その通りである。陰陽寮が廃止されて、陰陽師の社会保障は一切なくなった。プライドだなんだと、掲げている場合ではない。一族、いいや、すべての陰陽師が手と手を取り合って、怪異との問題をどうにかしなければならないだろう。

「わかった。だったら今から、『ホタテスター印刷』の周辺に足を運んでみるよ」

「あの、私も行きます」

「いいの？」

「はい。一応、『ホタテスター印刷』があるのは、永野家が守るべき地域ですし」

「でも、担当は無駄にプライドが高い伯父さんなんでしょう？　見つかったらどうするの？」

「大丈夫です！　サングラスと帽子で、変装するので」

「変装のセンスが昭和だから。逆に注目浴びそうだし。それよりも、叔母さんの服でも借りて、伊達《だて》眼鏡をかけたら別人に見えるんじゃない？」

「な、なるほど！　そうですね。三十分ほどで準備するので、待っていていただけますか？」

「わかった」

ひとまず、解散となる。長谷川係長が帰った瞬間、すぐさま準備を始めた。

叔母より、服は自由に着てもいいと言われている。こう、いかにもハイブランドです！　みたいなものは似合わないので、よく見たらブランドだったんだ的な一着をお借りしたい。

叔母のクローゼットには、洋服がみっちり収められていた。手前にあった、ワンピースを手に取る。紺色の上身頃に花の刺繍《ししゅう》が入っていて、スカート部分はレース生地が重ねられている。白いジャケットと合わせるようだ。

じっくり選んでいる暇はない。急いで取り出す。十二万円の値札が付いているのに気付いたが、ハサミで切って見なかったことにする。

慣れない服をなんとか着て、姿見を覗き込む。叔母のほうが背が高くスタイルがいいので、私にはまったく着こなせていない。ベルトを締めて、寸胴《ずんどう》みたいに見える状態から脱した。

服に時間を取り過ぎて、化粧や髪をどうこうしている時間はなかった。

叔母の変装用のゆるふわウィッグを被り、薄いカラーが入った伊達眼鏡をかけた。鞄も、叔母の私物を借りた。最後に、全体を姿見で確認する。ウィッグの色が明るく、眼鏡に色が入っているからか、かなりブイブイ言わせているような感じに仕上がった。誰も、私が永野遥香だとは気付かないだろう。

時間ぴったりに、外に出る。長谷川係長はすでに玄関先で待っていた。

「ど、どうも。お待たせしました」

「いや、今来たばかりだけれど——その恰好、すごいね」

「変装です」

長谷川係長も、前髪を撫《な》で上《あ》げて黒縁眼鏡をかけていた。それだけで、雰囲気が変わる。服装は七分袖のサマーニットに、細身のボトムスを合わせていた。いつもより、かなりラフな恰好である。印象に残らない地味なイケメン、といった感じであった。

こういう変装もあるのかと、感心してしまった。逆に、私の気合い入りまくりの変装が恥ずかしくなる。

「あの、長谷川係長、私の恰好、大丈夫、ですよね？」

「普段の永野さんが好んでしていたら、似合っていないなと思うけれど、変装だったら問題ないかな」

「そ、そうですか。よかったです」

いや、よかったのか？　まあ、変装としては問題ないということなので、このまま行かせていただく。

外の雨はいつの間にか止《や》んでいた。バス移動なので、地味に助かる。叔母の鞄と中に入れているジョージ・ハンクス七世を濡らしたくないし。

早速、出発した。浅草の町をバスで移動する。もうすぐ到着するというところで、ふと気付く。『ホタテスター印刷』があるであろう辺りの上空を、黒い雨雲が覆っていた。

「うわ、『ホタテスター印刷』の方角、雨ですかね」

「ああ、そうかもしれない」

結局、傘を差して歩かなければならないようだ。マンションの近くにあるバス停からバスに乗り、『ホタテスター印刷』を目指す。

窓の外を眺めていたら、長谷川係長がボソリと話しかけてきた。

「永野さん、ハムスターの式神は、連れてきたの？」

「はい」

鞄を開いて見せる。長谷川係長が覗き込んでいるのに気付いたジョージ・ハンクス七世は、勇ましく拳を突き上げていた。その様子を見て、長谷川係長はぷっと噴きだす。

私も笑いそうになったが、あとで怒られてしまうので奥歯を噛みしめて我慢していた。

「長谷川係長は、式神を使役しないのですか？」

「うーん。どうしようかな。ちょっと、式神について調べてみるよ」

そんな会話を交わしている間に、『ホタテスター印刷』の近くのバス停にたどり着く。バスから降りた途端、異変に気付いた。

「こ、これは――!?」

「酷いね」

辺り一帯が、邪気に覆われていた。雨雲だと思っていたのは、邪気だったようだ。

「どうして、こんなふうになってしまったのか」

「何か、元凶があるはずだ」

さっそく『ホタテスター印刷』に向かおうとした瞬間、声がかけられる。

「長谷川係長？」

振り返った先にいたのは、瀬名さんだった。買い物帰りなのか、化粧品やブランドの袋をいくつも手に持っている。

眼鏡姿の長谷川係長を見て、一瞬戸惑うような表情を浮かべる。しかし、長谷川係長が「やあ、奇遇だね」と声をかけると、安堵した表情を見せていた。

「あ、やっぱり長谷川係長だったのですね。いつもと雰囲気が違ったので、人違いかと思ってしまって」

「そんなに雰囲気違う？」

「はい」

長谷川係長の変装は、大成功だったようだ。知り合いに会ったときの対策だったが、しらばっくれずに他人の振りをしなかったのには理由がある。瀬名さんは周囲に漂う邪気よりも、濃い邪気をまとっていた。見逃すわけにはいかない。

「あの、長谷川係長は、ここで何を？」

「これからデートなんだ。彼女が、この辺に住んでいてね」

そう言って、私の肩を優しく抱く。その瞬間、瀬名さんに怒気の籠もった目で睨まれてしまった。「ヒッ!」と悲鳴をあげそうになるものの、なんとか堪える。

「彼女が、いらっしゃったのですね」

「まあね」

探るような視線が向けられる。どうやら、永野遥香《わたし》だと気付いていないようだ。色つきの眼鏡にしていてよかったと、心から思った。

突然、瀬名さんが苦しそうに、ゴホン、ゴホンと咳き込む。その機会を、長谷川係長は逃さなかった。すかさず、質問する。

「もしかして、花粉症? 今の時季だと、ブタクサ属の花粉がそこそこ酷いようだけれど」

「いえ、花粉症ではなく、ただの風邪、だと思います」

瀬名さんが喉をさすっていたので、長谷川係長は完璧な営業スマイルを浮かべつつ、ポケットからのど飴を取り出した。

「これ、よかったら、どうぞ」

「ありがとう、ございます」

瀬名さんは素直にのど飴を口にする。あれも当然、甘味祓いの呪術がかけられているものだ。

すぐに、邪気は祓われる。周囲に漂っていた黒い靄は、消えてなくなった。

「じゃあ、また会社で」

「はい」

笑顔で別れたかと思えば、すれ違いざまに私をジロリと睨んでいった。

姿が見えなくなると、ジョージ・ハンクス七世が鞄からひょっこり顔を出して、恐ろしいことを教えてくれた。

『さっきの女、遥香を睨みながら、〝いつか殺す〟とか言っていたぞ』

「こ、怖い！」

邪気を体内に宿していなくても、人は邪悪な感情を持てるようだ。本当に恐ろしいのは怪異ではない。人なのだ。

「しかし、いきなり知り合いに会ってしまったし、町の状況もよろしくない」

「ですね」

そんな会話をしていたら、突如としてまた邪気が濃くなった。

「これは、いけない」

「ううっ！」

吐き気と頭痛に襲われる。ジョージ・ハンクス七世が、『ヤバいぞ!! 逃げろ!!』と叫んだ。

長谷川係長は、私の手を握って走る。先へ進むと、邪気の濃度が薄くなっていく。隣町にたどり着くと、邪気は綺麗さっぱりなくなった。

近くの喫茶店に入り、ひとまず乱れた息を整える。私達以外に客はいない。スナックのような雰囲気がある、昭和チックなお店だ。

案内された席に腰を下ろした瞬間、深いため息が出てしまう。いまだ、ドキドキが収まらない。

出された水を一気飲みしても、喉の渇きは潤わなかった。アイスティーをジョッキで飲みたい気分に駆られたが、そんなメニューなどあるわけがない。

「決めた?」

「はい」

「何にするの?」

「アイスティーを」

「手作りプリンはいいの? ここのお店、有名みたいだけれど」

「手作りプリン、ですか?」

「ほら」

メニューの最後のページに、見本写真と共に紹介されている、一日三十個限定の手作りプリン。その日に採れた卵を使用し、種子島産の黒砂糖をふんだんに使ったカラメルソースがかかっているらしい。

黒砂糖のカラメルソースなんて、聞いたことがない。お醤油みたいに真っ黒だが、どんな味がするのか非常に惹かれる。

「では、手作りプリンも注文します！」

私が真剣な表情で言ったのが面白かったのか、長谷川係長は笑い混じりに「わかった」と返し、店員さんを呼ぶ。スマートに注文してくれた。

「それにしても、驚きましたね」

「ああ。状況は、思ったよりもよくないようだ」

瀬名さんの実家は『ホタテスター印刷』の裏手にあるようだ。あれだけ邪気が漂っていたら、すぐに悪影響を受けてしまうだろう。

「伯父は、動いているのか、いないのか。心配です……」

気になるけれど、本人に問い合わせはできない。おそらく、父も伯父に現状を確認する勇気なんてないだろう。

「ひとまず、ヒトガタを放ってみるか」

「ヒトガタ！　陰陽師がよく使っている、不思議アイテムですね！」

長谷川家に伝わる呪術らしい。これも、実家に頼み込んで教えてもらったという。

「あれ、呪術を習いに京都に帰ったのですか？」

「いいや、ビデオ通話で習ったんだよ。何かに使えるだろうと思ってね」

直接習わなくとも、ネット環境があればいつでもどこでも習える。実に、現代的である。平安時代の陰陽師が聞いたら、泣いて羨ましがるだろう。

他にお客さんもいないし、店員さんもやってくる気配がない。今のうちに、ちゃっちゃと呪術を展開させるようだ。

長谷川係長はテーブルにあったアンケート用紙を一枚手に取り、呪文を書き込む。それを、折りたたんで人の形にした。ふうと息を吹き込む。これで、ヒトガタに魂が籠もったようだ。

宙に投げると、ピクンと動いた。そして、長谷川係長の頭上でくるくると旋回し、窓の隙間から外へ飛び出していった。

「見事な呪術です」

「今度、教えてあげるよ」

「いいのですか？」

「いいよ。その代わり、ちょっと癒やしてほしいのだけれど」

「あ、すみません。気付かずに」

邪気が漂う中を走ってきたのだ。少なからず、悪影響を受けているだろう。

長谷川係長が差し出した手を、ぎゅっと握る。癒やしといっても、特に呪文があるわけではない。効いているのかいないのか。気になるところだ。

長谷川係長が何も言わないので、手を握り続ける。

「お待たせいたしました」

「ひゃっ！」

あまりにも集中していたからか、店員さんの接近に気付かなかった。顔がじわじわ熱くなっていく。

店員さんはニコニコしながら、「仲がよろしいですね」とコメントを残す。どうやら、手と手を取り合う仲良しカップルに見えたらしい。

別に、仲がいいわけではないが、不審に思われないためにもそういうことにしておく。

「長谷川係長、もう、大丈夫ですよね？」

「うん、ありがとう。かなり楽になった」

本当に癒やしの力があるのか、謎である。自分で自分を癒やせないし、効果は相手に聞くしかない。それに、癒やしの力を使ったという実感がゼロだった。

それよりも、気になるのは黒砂糖のカラメルがかかったプリンだ。店員さんがテーブルに置いても、一切震えなかった。おそらく、最近流行の固めのプリンなのだろう。

ドキドキしながら、スプーンでプリンを掬った。普通のカラメルよりも、どろりとしているような気がする。果たして、どんな味なのか。

「いただきます」

まず感じるのは、濃厚な黒砂糖の風味。黒蜜みたいな味と言ったほうがわかりやすいか。ほろ苦さがある、大人の味わいのカラメルだ。香ばしさが、なんとも言えない。

プリンは沖縄の島豆腐並みに屈強なのではないか。どっしりしていて、食べ応えがある。

さっぱりとしたアイスティーに合う、極上プリンだ。

「永野さん。それ、おいしい？」

「おいしいです。一口食べてみますか？」

「いいの？」

「はい！」

最後の一口だったが、このおいしさを味わってもらいたいので差し出した。

長谷川係長がパクリと食べた瞬間、「あ!!」と叫びそうになる。

ごくごく自然に、「あーん」をしてしまったのだ。恥ずかしくなって、俯いてしまう。長谷川係長の顔なんて、見られるわけもなかった。

「あ、本当だ。おいしい」

「で、ですよね」

長谷川係長は別段普通なのに、私だけ恥ずかしがるのもおかしな話だろう。なるべく、平静になるよう努める。

「もうそろそろかな？」

長谷川係長がそう呟いた瞬間に、ヒトガタが戻ってきた。真っ白い紙だったのに、真っ黒に染まっている。

出発時は機敏な動きだったが、よろよろとしながらテーブルに着地した。

「こ、これは……！」

「よくない状況みたいだ」

ヒトガタに一瞬文字が浮かび上がる。そこには「鬼」と書かれていた。

そのあと、力尽きたのかパタリと倒れる。足先からボロボロ形が崩れ、消えていった。長谷川係長は「お疲れさん」とヒトガタに労いの言葉をかけていた。

「もしかして、『ホタテスター印刷』の周辺に、鬼がいるってことですか？」

「その可能性は高い」

「だったら、叔母の追っていた鬼は、長谷川係長ではない、ということですよね？」

「そうかもしれないね。もしも俺が鬼だと気付いていたら、とっくの昔に斬りかかっているだろう」

「ですよね。よかったー！」

長谷川係長も安堵しているかと思いきや、キョトンとした目で私を見ている。

「長谷川係長は、嬉しくないのですか？」

「いやだって、浅草の町に鬼がいることに間違いはないから」

「そ、そうでした！」

喜んでいる場合ではなかった。呆れたような長谷川係長の視線が、グサグサと突き刺さる。

「えっと、では、叔母に連絡を……いや、父のほうがいいのか」

「大丈夫。落ち着いて」

　スマホに添える手が、ガタガタと震えているのがわかった。落ち着け、落ち着けと念じるが、自分の手なのに言うことを聞いてくれない。

　長谷川係長の大きな手が、私の震える指先を包み込むように覆った。とても温かい手だった。

「大丈夫だから」

　そんな言葉を耳にすると、不思議と震えはなくなった。一度、深呼吸をしたほうがいいと言われた。空気を大きく吸い込んで、ゆっくり吐きだす。すると、驚くほど落ち着きを取り戻し、しっかり前を向けるようになる。

「まずは、叔母さんに連絡したほうがいいと思う」

「はい」

　叔母に報告すれば、すぐに当主である祖父に連絡がいくだろう。素早くメールを打ち、反応を待つ。

「永野さんはメール派なんだ」

「そうですね。話すよりも、メールで打つほうが早いので」

「ふうん、そうなんだ」

そんな会話をしていたら、叔母から返信があった。今、マンションにいるので、帰ったら詳しく話してほしいと。

「叔母は、今、マンションにいるみたいです」

「そうか。だったら、すぐに帰ったほうがいいね」

喫茶店の近くにバス停があったので、急いで帰宅した。

◇◇◇

帰宅すると、叔母は玄関に仁王立ちで待っていた。長谷川係長も一緒だと説明していたので、待ち構えていたのだろう。

「長谷川さん、いらっしゃい」

「どうも、お邪魔します」

二人の間に、ピリッとした空気が流れる。だが今は、仲違《なかたが》いをしている場合ではない。力を合わせて、浅草の町を救わなければならない状況だろう。

「そんなわけで、伯父に一応報告はしていたのだけれど、実際に調べたらとんでもないことになっていて」

私の言葉を聞いた叔母は顔色を青くし、眉間に皺を寄せて額を押さえている。

それから、現場にヒトガタを放ったところ、「鬼」の文字が現れた件についても、併せて報告しておく。

「やっぱり、その辺りにいたのね」

この鬼こそ、叔母に討伐依頼があった鬼だという。伯父に調査させてくれと頼んでいたようだが、まずは責任者である自分がと言って応じてくれなかったらしい。

「最低最悪の鬼だわ」

完全同意である。思わず、深々と頷いてしまった。

「長谷川さん。永野家の管轄区域で起きたことなのに、調査に協力してくれて、ありがとう。即座に引き返した判断は、すばらしいものだわ」

話が途切れた所で、改めて、叔母に報告する。

「たぶん、伯父の管轄内にある、『ホタテスター印刷』が邪気の温床になっていると推測しているんだけれど」

「『ホタテスター印刷』ですって!?」

「織莉子ちゃん、知っているの？」

「知っているも何も、旦那の職場よ！」

まさか、叔父が『ホタテスター印刷』の社員だったなんて。だから、瀬名さんみたいに、邪気をまとった状態だったのだろう。

「永野さん、知らなかったの？」

「はい」

近しい親戚がどのような業界で働いているのかくらいは、一通り知っている。しかし、会社名まで把握はしていない。

「会社でオペレーターの仕事をしているとしか、聞いていなかったから」

オペレーターと聞いて、印刷会社と結び付けるのは難しいだろう。一言にオペレーターといってもいろいろな仕事がある。工場で機械を動かす業務だったり、電話の受信業務だったり。

「そっか。叔父さんは、邪気の影響を受けていたから、様子がおかしかったんだ」

「申し訳なかったわね」

「ううん、大丈夫」

邪気の発生源は、経営が悪化している『ホタテスター印刷』で間違いないだろう。すぐに、調査を開始しなければならない。永野家への報告は、叔母がしてくれると
「なっ⁉」

いう。もちろん、私が首を突っ込んで発見したことについては、黙っていてくれるようだ。

「それにしても、兄さんは何をしているのかしら。せっかく遥香が私よりも早い段階で気付いて、報告していたというのに！」

伯父さんだって、会社員だ。陰陽師が本業ではない。休日出勤があるような、多忙な会社だと聞いたことがあったような。本職が忙しくて、まともに調査できていないのかもしれない。

「これから、本家に報告に行ってくるわ。もしかしたら、遥香の手を借りるかもしれないけれど」

ここで、長谷川係長が「私も、手をお貸しします」と声をあげた。

「長谷川さん。あなた達の家は、とうの昔に陰陽師を辞めているのでしょう？　いいの？」

「はい。遥香さんが、心配なので」

「……そう」

名前を呼ばれる度に、なんだか恥ずかしくなる。叔母も永野なので、区別するために言っているのだろうが。

叔母が長谷川係長に、深々と頭を下げた。

「遥香を、よろしくお願いいたします」

「はい」

なんだか嫁入りするような気持ちになってしまったが、要は頼りない私を頼みますと頭を下げているだけなのだ。

私も長谷川係長を頼りにしていますと、深々と会釈を返した。


翌日——またしても、都内で行方不明者が出たというニュースが報道されている。今度は、二十七歳の女性で、一週間前から連絡が取れないらしい。陰陽師がいない地域なのか。気になるが人間が起こした事件ならば、警察に任せるしかないだろう。

憂鬱な気分を抱えた状態で、新しい一日が始まった。

今日も今日とて、二人分のお弁当を作る。おやつは、お饅頭だ。昨日、叔母が帰ったあと、せっせと作ったのだ。当然、普通のお饅頭ではない。甘味祓いの呪術がかけられているのはもちろんのこと、邪気祓いの焼き印も押した特別製だ。

焼き印はわざわざオーダーメイドで作った物である。そもそも、あんこの材料となる小豆には、邪気祓いや厄除《やくよ》けの効果がある。より強力な邪気祓いの効果を発揮してくれるだろう。

自分の分のお饅頭も、通勤鞄に詰め込んだ。透明な食品保存容器に入れたので、外からでもお饅頭が見える。その隣に、丸まったジョージ・ハンクス七世が眠っていた。蒸したてのお饅頭の熱が、心地よいのか。

お饅頭と丸まったハムスターはそっくりだと、改めて思ってしまった。

何かあったときのためにと、呪術の媒体である『マジカル・シューティングスター』も鞄に入れてある。相変わらず、女児向けアニメのステッキにしか見えないが。まあ、何かあったときには役に立つだろう。

叔母から作り方を習った呪符に、長谷川係長が呪術を教えてくれたヒトガタも忍ばせておく。会社に必要な物より、圧倒的に陰陽師グッズのほうが多い。兼業陰陽師の、悲しい現実だろう。

会社に到着する。休日明けは、いつもバタバタだ。ひとまず、社内メールの返信から始める。

お昼休みに一息ついていたら、杉山さんが食堂で仕入れた情報を教えてくれる。

「永野先輩、今日、瀬名さんお休みらしいですよ」

「そうなんだ」

「一週間くらい、休暇申請したみたいで」

「え、一週間も？　病気なのかな？」

　昨日、出会ったときに咳き込んでいた。もしかしたら、風邪を悪化させてしまったのかもしれない。

「いや、それが、ただの病気ではないらしいんです」

「どういうこと？」

「恋患い、ですよ！」

「こ、恋患いで会社を休んだの!?」

　杉山さんは唇に人差し指を立て、声が大きいと注意する。お昼休みなので、フロアには昼寝をしている山田先輩しかいない。まあ、アウト寄りのセーフだろう。

「仲がいい子に、ぶっちゃけちゃったみたいです。その子が食堂で話していたので、盗み聞き……いえ、声が大きかったので聞こえてしまったんですよ！」

「そ、そうだったんだ」

　とっておきのニュースを仕入れた杉山さんは、嬉しそうに話し始める。

「なんでも長谷川係長に、彼女ができたらしいんです！」

「え、ええー、本当にー？」

思わず、棒読みのリアクションを返してしまった。今ので、大丈夫だっただろうか。チラリと杉山さんを見る。

杉山さんは特大ニュースを話すのに忙しくて、私の妙な返しは気にも留めていないようだ。

「なんでも、全身ブランドで固めた、セレブな彼女らしいですよ」

「へ、へえ……」

「でも、美人でもなければ、スタイルがいいわけでもなく、セレブ特有の自信に溢れた感じではないらしいです。だから、偽セレブだろうって」

さすがと言えばいいのか。いくらブランド物でコーディネートしても、溢れる自信と余裕を併せ持っていなければセレブではないのだろう。

「すぐに別れるだろうから、それまで待つつもりらしいです」

「そっか」

瀬名さんは会社を休んで、長谷川係長の彼女について調査するつもりらしい。なんて恐ろしい計画を立てているのか。ゾッとしてしまう。

「なお、長谷川係長狙いの女性陣の一部は、キープしていた彼氏第二候補、もしくは第三候補に狙いを変えたようです。瀬名さんと違って彼女達は、長谷川係長の連れていた女性はおそらく本命だろう、と感じたのだとか」

「いや、本命じゃないから」

「え?」

「あ、いや、うん。みんな、いろいろ考えているんだなって思って」

「ですね。キープ君がいるのは、流石だと思いました」

現場からのレポートは以上である。

一応、その噂話は完全にプライベートなので、広めないほうがいいと言っておく。

杉山さんは「もちろんです」と返した。長谷川係長には、返せないほどの恩があるらしい。それにもともと、私にしか話すつもりはなかったようだ。

安堵していたが、長谷川係長に彼女ができたという噂話は瞬く間に広がっていった。

杉山さん以外にも、瀬名さんの同僚の話を聞いていた人がいたらしい。

課の女性陣はさぞかし落胆しただろうと思っていたが、長谷川係長を見つめる熱い眼差しは変わっていなかった。

いいや、最初の頃とは異なる。長谷川係長を見つめるあの視線は、尊敬がこめられたものであった。鬼の魅了にかかって、うっとり見つめているわけではなかったようだ。これは、長谷川係長の頑張りと誠意が課の人達に伝わった結果だろう。

流石だと、言わざるをえない。

休み明けで忙しい一日であったが、順調に仕事を片付けていた。今日は残業をしなくてもよさそうだ。

十六時過ぎ、仕事が一段落したので休憩を取る。スマホを手に取ると、叔母からメールが届いていた。

昨日、本家で話し合いをした結果、今日、『ホタテスター印刷』に調査に乗り込むことに決まったらしい。

当主である祖父と伯父、叔母、それから従兄《いとこ》数名が集まったようだ。鬼の討伐ということで、実力者が集められた模様。

その中に、義彦叔父さんの名前はない。本業が忙しかったのか、あえて呼ばれなかったのか。あとで、やんわり聞いてみるか。

乗り込むのならば、怪異の活動が活発になる夜ではなく、昼間だろう。今頃、怪異と対峙している真っ最中だろうか。どうか、無事でありますようにと、祈らずにはいられない。

そんなことを考えていたら、長谷川係長からメールが届く。終業後、純喫茶『やまねこ』で待っているようにと書いてあった。今日も、甘味祓いに付き合ってくれるのか。ありがたい話である。

仕事が終わると、純喫茶『やまねこ』へ向かった。人の好《よ》いマスターが、今日も笑顔で迎えてくれる。

「永野ちゃん、いらっしゃい。今日は、係長のほうが早かったみたいだよ」

「あ、本当ですね」

仕事が終わると、ハワイに行った同期に引き留められ、お土産とお土産話をいただいたのだ。それで、少々遅くなってしまった。

長谷川係長の前に腰掛けると、マスターが「今日はとっておきの物を用意したから」と声をかけてくれる。

「とっておきの物とは、まさかアレですか？」

「そうだよ。食べられるかい？」

「はい！　楽しみにしています」

飲み物は、いつも通りアイスティーである。長谷川係長は、ミックスジュース的な色合いのものを飲んでいた。マスターが長谷川係長の健康を考えて作る、オリジナルジュースだろう。

マスターが奥に引っ込んでいったのと同時に、長谷川係長が話しかけてくる。

「叔母さんから、連絡はあった？」

「はい。今日、永野家の者達で調査するようです。結果は、届いていません」

「そう」

昼休み、長谷川係長はヒトガタを『ホタテスター印刷』に向けて放ったらしい。けれど、待てども待てども、戻ってこないようだ。

「昨日よりも、状況はかなり悪くなっているみたいだ」

「いったい、鬼とは、どういう存在《もの》なのでしょうか？」

「わからない」

鬼はまとめて京都に封じられているはずだ。それなのになぜ、浅草の町に長谷川係長以外の鬼がやってきたというのか。

「何か特別な気配とか、感じますか？」

「いいや、そういうのはないけれど」

マスターが戻ってきたので、会話はいったん終わらせる。

「お待たせ。アイスティーと、とっておきステーキサンドだ」

「わー！」

これは以前、マスターが私に作ってくれると約束していたものだ。本当に、私のためにステーキサンドを作ってくれるなんて。カリカリに焼かれたトーストに、分厚いステーキが挟まれている。食べやすいよう、一口大にカットしてあるのは非常に助かる。お腹が空いていたので、長谷川係長と一緒にありがたくいただこう。

「永野さん、今日は、見回りをせずにこのまま帰ろう」

ここに呼び出したのは、叔母からの報告を聞きたかっただけだったようだ。

「なんだか、嫌な予感がする」

その一言に、背筋がゾクリとしてしまう。長谷川係長の嫌な予感が、移ってしまったのだろうか。

「なるべく早く帰って、永野家の問題についてはひとまず忘れて、ゆっくり休んだほうがいい」

「わかりました」

暗くなってばかりもいられない。マスターが心を込めて作ってくれたステーキサンドとアイスティーをいただかなければ。

ステーキサンドはとってもおいしかった。お肉は柔らかかったし、パンの種類や焼き具合も違っていて、パクパク食べてしまった。

マスターにお礼を言って、お店を出る。その瞬間に、スマホが鳴った。伯父からである。何か緊急の連絡だろうか？

「もしもし、一郎《いちろう》伯父さん？」

なんだろうか。声は聞こえないが、物音だけが聞こえる。

「一郎伯父さん、どうかしたの？」

ガサガサ、ガタガタ。そんな、音しか届かない。

「永野さん、どうかしたの？」

「伯父からの電話なのですが、なんだかおかしくて」

スピーカーにして、音声を聞かせる。

「もしかしたら、間違って通話ボタンを押した可能性もありますけれど。この音、聞こえます？」

「いや、よく聞こえない」

ボリュームを上げた瞬間、ぞっとするような声が響き渡る。

『ヒイイイイ!!　た、助けてくれ、ウワアアアアア!!』

ブツンと、通話が途絶えた。

「え……？」

今の悲鳴はなんだったのか。聞こえたのは、伯父の声である。思わず、長谷川係長を見上げてしまう。

「お、叔母に、連絡を――」

「いや、止めたほうがいい。繋がりを怪異が察知して、こちらにも悪影響を及ぼしかねない」

長谷川係長がスーツの懐から取り出したのは、和紙で折られたヒトガタである。

「これだったら、なんとか耐えられるだろう」

とっておきのヒトガタらしい。すぐに空に放つ。『ホタテスター印刷』がある方向へ、ヒュンと鋭く飛んで行った。

「あ、あとは、何をすればいいの――」

「鬼退治に参加していない親戚で、誰か頼りになりそうな人は？」

「あ……あ！　義彦叔父さん！」

もしかしたら出ないかもしれない。どうか頼むと願いを込め、義彦叔父さんのスマホへ繋がる番号をタップした。一応、長谷川係長にも聞こえるように、スピーカー状態にしておく。

呼び出し音のアニメの主題歌っぽい曲が、路地裏に流れる。

しばし待ったが、留守番電話に繋がってしまった。

「義彦叔父さん！　緊急事態！『ホタテスター印刷』に調査に行った親戚一同が、大ピンチです。助けてください！」

それだけ伝えて、通話ボタンを切った。

「ど、どうしましょう？」

「他は？」

「両親に、電話をしてみます」

父も母も電話をかけるときは大抵出るのに、今日に限って反応なし。恐らく父は会社で、母は夕飯の準備でもしているのだろうが。

義彦叔父さんからの折り返し電話もなく、途方に暮れてしまう。

その時、先ほど長谷川係長が放ったヒトガタが戻ってきた。和紙は真っ黒に染まり、ボロボロの状態である。それでも、戻ってきてくれたことを褒めたい。

そんなヒトガタが私達に伝えてくれたのは、「囚」の文字。

「これは……『ホタテスター印刷』に、永野家の人々が、囚《とら》われている、ということでしょうか？」

「どうだろう。この一文字では判断できないけれど、『ホタテスター印刷』にいる人達が大変な状況にあるのは、間違いないと思う」

「で、ですよね」

長谷川係長は何かを決意した顔で、かがみ込む。私の肩を摑み、説き伏せるように言った。

「今から、『ホタテスター印刷』に行ってくる。永野さんは、このままどこにも寄らずに、帰宅するんだ」

「そ、そんな！　私も、一緒に行きます！」

「ダメだ。相手は、普通の怪異ではない。鬼だ」

「これは、永野家の問題です！　私が、行かないわけにはいきません！」

「いいや、これは、鬼の問題。俺が、どうにかしなければならない」

長谷川家には、鬼の血が流れている。だからといって、他の鬼問題まで責任を取る必要はないだろう。

「私を、置いていかないでください。約束したでしょう、今世は、幸せに――」

言いかけて、私は何を口にしているのかと、唇をぎゅっと閉ざす。自分でもよくわからない意思が働いて、意味不明な言葉を発してしまったらしい。

長谷川係長を見上げると、目を見開き、驚いた表情で私を見ている。

やはり私は、彼に関して何か忘れていることがあるのだろうか？　思い出そうとすると、頭がズキンと痛んだ。

いや、そんなことよりも、今は『ホタテスター印刷』で起きている事件を、どうにかしなければならないだろう。

「私は戦えませんが、サポートはできます。絶対に、長谷川係長の邪魔をしません。だからどうか、一緒に連れていってください」

『よく言った！　遥香！』

ジョージ・ハンクス七世も、鞄からひょっこり顔を出し、私の勇気を称《たた》えてくれる。

『おい、長谷川。もしも、遥香を連れていってくれるのであれば、お前とも契約を結んでやる』

「ジョージ・ハンクス七世、それは、どういうことなの？」

『お前との契約だと、力を発揮できないだろう。だから、タフそうなこいつとも契約を結ぶ。すると、怪異相手に戦えるようになる。こいつは気に食わないが、一時休戦だ！』

「ああ、なるほど。そういう意味か。君が戦えるのならば、永野さんを同行させるのも悪くない」

『だろう？』

長谷川係長を嫌っていたジョージ・ハンクス七世が、ここまで協力的になってくれるなんて。あまりにも私が不安がっているので、長谷川係長に対して譲歩してくれるようだ。なんて主人思いの式神なのか。

「ジョージ・ハンクス七世、本当に、ありがとう」

『いいってことよ！』

こうして、長谷川係長とジョージ・ハンクス七世は契約を結ぶ。一人としか契約できないと思いきや、その辺は融通が利くものだったらしい。

『よし！　これで、鬼をボコボコにできるぞ！』

「ジョージ・ハンクス七世、改めてよろしくね！」

『おうよ！』

小さなお手々とハイタッチを交わし、私達は『ホタテスター印刷』を目指す。

徒歩で行くと直接邪気を浴びてしまうので、レンタカーを借りて現地まで向かった。

夜よりも暗い街にたどり着く。

長谷川係長の予想通り昨日より酷い状態になっていた。『ホタテスター印刷』があると思われる場所の上空は、竜巻状に邪気が渦巻いていた。

「なんだ、あれは」

「あんなところに、永野家の人達は行っていたのですね」

『ゾクゾクするな』

邪気が漂う中を進んでいく。レンタカーの車内であるものの、邪気がどんどん入ってくる。

こんなこともあろうかと、邪気祓いマスクを用意していた。長谷川係長にも、一枚分けてあげる。

「ああ、すごいね、これ。装着していると、苦しさが半減される」

「よかったです」

もっと早くから作っておけば、長谷川係長が苦しまずに済んだのに。これならば、会社でも使えるだろう。夏は厳しいかもしれないが。

レンタカーのナビ案内が終わる。とうとう、『ホタテスター印刷』に到着してしまった。

「ここが、『ホタテスター印刷』……！」

外観は下町の、古き良き印刷所、といった感じである。三階建てで、一階が事務所、二階、三階が印刷所のようだ。

窓は真っ黒に染まり、中の様子は一切見えない。ただ見上げているだけで、悪寒が止まらなかった。

「い、行きましょうか」

「そうだね」

長谷川係長はいつも通り、落ち着いている。ジョージ・ハンクス七世は、『鬼をぶっ潰してやる!!』と、拳をシュッシュと突き出して、闘気を剥《む》き出《だ》しにしていた。

私は、念のためマジカル・シューティングスターを手に持ち、臨機応変に動けるように備えておく。

正面玄関は、鍵がかかっているのか開かない。長谷川係長は懐から細長い金属を取り出し、鍵穴に突っ込む。カチャカチャと動かすこと十秒。カチャリと音がした。

あっという間に、解錠してしまう。

「あの、どうしてそういう技を知っているのですか?」

「子どものとき、実家の蔵の鍵を開ける遊びとかしなかった?」

「しません。というか、一般的な家庭に蔵なんてないですよ」

「永野家本家にもないの？」

「本家はマンションの一室なんです」

「そうなんだ」

きっと長谷川家は、裕福な一族なのだろう。なんとなく、長谷川係長の普段の様子からも、育ちの良さを感じ取っていたが。

「いい？　開けるよ？」

「は、はい！」

ドアノブを回すと、キィ……と不気味な音を立てる。そして――扉に寄っかかっていた何かが、突然倒れ込んできた。

「きゃあっ!!」

それは白目を剝き、顔面蒼白《そうはく》になった伯父であった。

「い、一郎伯父さん!?」

両手に呪符を持ち、息絶えているように見えた。

「し、しし、死んで――!?」

長谷川係長は冷静な様子で、すぐさま伯父の首筋に触れる。

「いいや、生きている。恐らく、眠っているだけ」

「そ、そうだったのですね。よ、よかった……」

眼球が乾燥したら可哀想《かわいそう》なので、瞼を閉じさせてあげた。無事でありますようにと、手と手を合わせて祈りを捧げておく。

「それにしても、すごい邪気だな」

「ですね」

事務所は邪気で真っ暗である。どこに何があるか、よくわからない。鬼である長谷川係長は、とんでもない影響を受けてしまうだろう。

まだ、事務所に入っていないのに、あまりにも濃い邪気の気配に、全身鳥肌が立ってしまった。体も、怠《だる》いし重たい。

なんといえばいいのか、背中にダンベルを背負い、足に鉄球をくりつけられた状態で歩いているような感じと表現すればいいのだろうか。私でもかなりきついのだから、長谷川係長はさらに辛いだろう。

そこで一つ、長谷川係長に提案をしてみる。

「あの、よろしかったら、手を繋いで行きましょうか？」

癒やしの力を受けながらだったら、邪気の中でも活動しやすくなるだろう。

「ありがとう」

長谷川係長はそう言って、私の差しだした手をぎゅっと握った。

スマホのライトで照らしても、邪気なので視界は明るくならなかった。邪気とは、光を通さないものなのだ。

暗闇の中を進んでいるような状態だったが、長谷川係長は迷うことなく事務所を歩く。デスクや棚にいっさい当たらずに、スイスイ前に進んでいる。目を閉じて歩いているような状況なのに、不思議だ。

「あの、長谷川係長。事務所の内部が見えているのですか？」

「まあ、普通の人よりは。でも、暗闇を歩いているのと、そう変わらないよ。事前に調べていたから、デスクとか、棚とか、だいたいの位置を覚えているだけで」

なんでも『ホタテスター印刷』は、テレビに出たことがあるらしい。旅番組に一回、地域密着の情報番組に二回。どれも、有料動画サイトで見られたようだ。

「事務所の様子が映し出されていたから、それを見てどんな内装か、記憶していたんだよね」

「なるほど」

邪気で視界の確保ができないことは、想定済みだったようだ。

それにしても、とんでもない邪気だ。こんな中で少しでも仕事をしていたら、悪影響を受けていただろう。

「うう……リアル、ブラック企業！」

「永野さん、笑わせないで」

「すみません」

しかし、本当に驚いた。従業員数二十人くらいの会社に、これだけの邪気を溜め込むなんて。

瀬名さんの自宅は会社の裏にあるという話を聞いていた。祓っても祓っても、意味がなかったのだ。

一応、事務所をくるりと回り、デスク辺りも調べた。伯父以外に、人はいないようだ。このフロアからは、怪異の気配も感じない。

「永野さん、二階に上がるよ」

「了解です」

一歩、一歩と慎重に、階段を上がっていく。二階は大型の印刷機がある作業スペースである。

「ここは――」

「一階よりも、邪気が薄いですね」

夜明けレベルの暗さと言えばいいのか。機械が二台並んで置かれた隙間のスペースに、人が数名倒れていた。

「永野家の従兄達です」

脈拍は正常らしく、伯父同様、ただぐっすり眠っているだけらしい。

「な、なんでみんな、こんなところで寝ているのですか？」

「今思い出したんだけれど、これは陰陽師が使う、体内への邪気の侵入を防ぐ効果がある『仮死睡眠』だと思う」

「か、仮死睡眠、ですか!?」

強制的に睡眠状態となり、身動きが取れなくなる代わりに体内への邪気の侵入を防ぐ。怪異と接触して退治することを生業としていた、陰陽師の特技らしい。

「この状態になると、怪異は死んだと思うようだ」

「狸《たぬき》寝入り的な技なんですね」

「まあね」

そんな技が永野家に伝わっていたなんて、知らなかった。

「永野さんは使えないの？」

「使えないですね」

きっと本家の実力者にのみ、伝えられた秘技なのだろう。

二階も調べて回ったが、従業員は残っていなかった。叔母や祖父の姿もない。

「あとは、三階、ですね」

ついに、浅草の町に悪影響を及ぼす鬼と対峙する。額には汗が浮かび、恐怖で全身がガタガタ震えていた。

永野家の実力者達が太刀打ちできなかった怪異である。本当に、倒せるのか、心配になった。

このまま回れ右をして逃げたいが、見なかった振りなんてとてもできない。

「覚悟はいい？」

「正直覚悟はできていないのですが、長谷川係長と一緒だったら、大丈夫な気がしています」

「俺も、鬼だけれど？」

「長谷川係長は、『鬼』ではないですよ。私から見たら、普通の『人』です」

最初は鬼の気配に戦々恐々としていた。しかし、付き合っていくうちに、長谷川係長がただの鬼ではないということが明らかとなった。

時代を生き抜くために、鬼と関わった一族、長谷川家。そんな特殊な生まれの中で、人と鬼の狭間《はざま》で悩み、苦しみ、抗《あらが》う、ただの、人だ。

はっきりそう伝えると、握る手に力が込められる。邪気で表情は見えないけれど、信じてくれてありがとう、と言ってくれているような気がした。

「鬼との戦いになれば、手を放す。絶対に、媒体のステッキから手を放さないで。あと、俺が逃げろと言ったら、逃げるんだ」

「わかりました」

意を決し、三階に上がる。三階は、小さな印刷機と紙の在庫らしい段ボールが積み上がっている。二階よりも邪気が薄く、視界ははっきり確保されていた。

部屋の真ん中で、祖父が大の字になって寝転がっている。調べたが、祖父も『仮死睡眠』を使っているようだ。

ここも隅から隅まで見回ったが、従業員の姿もなければ、怪異の気配もなかった。なんだか、拍子抜けしてしまう。

「ここにも、鬼はいないですね」

「だね」

長谷川係長は顎に手を添え、何か考え込んでいる。

「叔母の姿が、ないですね」

「ああ、そうだ。永野家最強の、永野織莉子の姿がない」

もっとも邪気が濃かったのは一階だったが、そこには叔母や鬼はいなかった。

「不思議ですね。一階のほうが、息苦しさや寒気を感じていたのは、なぜでしょうか？　調べ方が、足りなかったとか？」

「いや、違う。もしかしたら、地下があるのかもしれない」

長谷川係長の推測にハッとなる。そうだ、地下があるのだ。それならば、上に行けば行くほど邪気が薄くなっているわけも理解できる。

「永野さん、急ごう」

「はい！」

走って行くのかと思いきや、長谷川係長は私を横抱きにした。

「ひゃあ！」

「俺が永野さんを抱えて、一階まで降りたほうが早い」

「そ、そうですか」

時間がないので、長谷川係長の判断にお任せする。本当に私が走るより速いのだろうかと一瞬疑ったが、長谷川係長は風のように一階まで駆け下りた。

再び、邪気のもっとも濃い一階に戻ってくる。

一郎伯父さんは、相変わらず横たわっていた。彼もまた『仮死睡眠』を使って邪気から逃れているのだろう。気楽なものだ。

長谷川係長は私を下ろし、床を足先でトントン叩く。音が違うところに、地下へ繋がる入り口があるのだろう。

「面倒だな」

事務所のあるフロアは、三十畳くらいある。私も床を足先で叩いてみたが、正直音の違いはわからない。

『おい、遥香。邪気が、特に濃い場所はないか？』

ジョージ・ハンクス七世の問いかけを聞いて、初めて邪気の濃さを意識する。

「あ、向こう側が、なんか、邪気が濃いかも！」

「ああ、なるほど。そっち側に、地下へ繋がる入り口があるかもしれない」

すぐさま移動し、確認してみる。すると、デスクの下に地下へ繋がる小さな出入り口を発見した。

「こんなの、普通は気付かないですよ」

憤りながら、梯子《はしご》を下りていく。

「ここはまた……」

「とんでもなく濃い邪気だね」

さらなる息苦しさに、咳き込んでしまう。降り立った先は通路になっていて、突き当たりに部屋があるようだ。慎重な足取りで、進んでいく。

突き当たりにあった部屋には、またしても鍵がかかっていた。長谷川係長が扉に手をかけようとした瞬間、中から悲鳴が聞こえる。

叔母の叫び声だった。

「ゆ、織莉子ちゃん!!」

「永野さん、手、放すよ?」

「は、はい」

「それから、少し、離れていて」

「わかりました」

距離を取った瞬間、長谷川係長は扉を蹴り破った。緊急事態なので、許してほしい。

扉の向こうに見えたのは、ゾッとするようなものだった。

「――っ!」

悲鳴を飲み込む。

部屋の内部は、暗闇の中にぽつぽつといくつもの真っ赤な目が浮かんでいる不気味な場所だった。

「な、なんなのですか、これは」

「永野さん、そこに、誰かいる」

「織莉子ちゃん!?」

叔母が叔父を庇うようにして倒れていた。その上に、赤い目を持つ物体がのしかかっている。

叔母が手にしている『素波銀濤』は、ぼんやりと光を放っている。邪気を切り裂く力があるからか、まるで懐中電灯で照らしているように周囲が明るくなっていた。

意識がないように見える叔母の名を叫ぶ。

「織莉子ちゃん！　織莉子ちゃん！」

うろたえるだけの私と違い、長谷川係長は躊躇うことなく叔父と叔母にのしかかっていた赤い目の怪異を摑んで投げた。

ガチャン！　と、怪異とは思えない物音がした。

「永野さん、これ、怪異じゃない。小型プリンタだ！」

「そ、そうだったのですね」

「不気味に見えていた赤いものは、エラーを伝える赤い電灯だ」

だったら、周囲に浮かぶ無数の赤い目に見えるのも、小型プリンタの電源なのだろうか。

倒れているのは、叔父や叔母だけでなかった。従業員だろうか。たくさんの人達が、小型プリンタの下敷きとなっている。いったい、どういうことなのか。

部屋の奥に、何かがいた。今まで座っていたのか、ゆらりと立ち上がった。そうだとわかるのは、瞳が赤く光っているから。あれは、小型プリンタではない。

「長谷川係長、あそこに、何かがいます」

「親玉の登場、というわけか」

親玉は長谷川係長に任せ、私は倒れている人達を確認する。叔母が持つ、『素波銀濤』を使わせてもらってもいいのだろうか。

「ジョージ・ハンクス七世、この刀、借りていいと思う？」

『いいんじゃないか？』

「だよね。もしかしたら、使用者が代わった瞬間に刀が消える可能性もあるけれど」

刀の柄を握った瞬間、眩《まばゆ》い光が発せられる。

「ううっ！」

『な、なんだ、この光は！』

一瞬にして、地下の部屋の邪気を祓ってしまった。力を使い切ってしまったからか、刀は消えて柄だけになってしまう。

部屋は先ほど同様に暗くなったが、電灯のスイッチを入れたら明るく照らされた。

それにしても、驚いた。邪気を一気に祓ってしまうなんて。

「こ、これが、素波銀濤の、力？」

『馬鹿！　これは、遥香、お前の力だ！』

「えっ、そんな、まさか」

と、暢気《のんき》に会話をしている場合ではない。長谷川係長は、戦闘を開始している。

戦っているのは、六十代くらいの小太りのおじさんだった。肩に、額から角が突き出た、真っ赤な猿みたいな怪異が取り憑いている。あれが、鬼なのだろうか？

長谷川係長と対峙したときのような恐怖は、まったく抱かない。なんだか拍子抜けしてしまった。

『怪異は長谷川に任せて、お前はプリンタをどうにかしろ』

「り、了解！」

一人一人、上にのしかかっている小型プリンタをどかす。顔を覗き込んだ瞬間、ふと気付く。

「この人、報道で行方不明になっていた人だ！」

二ヶ月半、家に帰っていないということで顔写真が公開されていたのだ。

写真よりも、少しげっそりとしている。もしかして、この地下に囚われていたのだろうか。

他の人達も、よく見ると従業員という感じではなかった。おそらく、ここ最近都内で行方不明になっていた人達だろう。

邪気に中てられて、気を失っているようだ。一人一人、甘味祓いをかけた綿菓子を口に含ませる。口元がもごもごと動き、顔色がよくなっていくのを確認できた。

あとは、鬼に取り憑かれたおじさんだ。

長谷川係長は鬼を引き剥がそうと奮闘しているようだが、鬼はおじさんの体にしがみついて離れない。

おじさん自身も、長谷川係長に拳を突き出したり、蹴りを入れたりとかなり攻撃的だった。顔色は土色に近く、目も血走っている。もうすでに、意思を完全に乗っ取られている状態なのだろう。

一刻も早く、邪気を祓わなければ。ただ、今の状態では、お菓子を食べさせることなど難しいだろう。

長谷川係長がおじさんを背負い投げする。床に体が叩きつけられた瞬間、鬼がおじさんから離れた。今だ、と長谷川係長に鞄の中に入れていたお饅頭を投げようとした時、想定外の事態となった。

鬼は、近くに倒れていた若者に、取り憑いたのだ。すぐに若者は血走った目を開き、ゾンビのようにむくりと起き上がる。

長谷川係長に投げられたおじさんも、立ち上がった。

「か、数が、増えちゃった！」

『俺に任せろ！』

ジョージ・ハンクス七世が飛び出し、新たに鬼が取り憑いた青年と戦う。

おじさんのほうは、鬼がいなくなったからか、動きが遅くなった。

私がそう叫んだ瞬間、鬼がおじさんの肩に乗って再び取り憑く。ジョージ・ハンクス七世に攻められ、逃げてきたのだろう。

「長谷川係長、お饅頭を――」

そして、近くにあった小型プリンタを持ち上げ、私に投げてきた。

咄嗟《とっさ》に避けるなんて、難しい。痛みを覚悟しつつ、歯を食いしばって瞳を閉じた。

だが、ドッ!!　という鈍い音がしたものの、痛みは襲ってこない。

恐る恐る目を開くと、私を庇うように、長谷川係長が目の前に立ち塞がっていた。

肩を手で押さえ、その場に膝をつく。

「長谷川係長!!」

「俺は、いいから、逃げて」

それは、聞けない。約束したけれど、今、逃げるわけにはいかなかった。

手にしていたマジカル・シューティングスターを握りしめ、おじさんをジッと睨みつける。

怪異を退治したくはなかったが、今回ばかりは致し方ない。

呪文を唱えようとした瞬間――長谷川係長は私の口を手で覆った。

どうして？　と目で問いかける。

「怪異は、退治したくないんでしょう？」

そう言ってお饅頭が入っていた食品保存容器を手に取り、おじさんへと近づく。

おじさんは次々と、小型プリンタを投げてきたが、巧みに避けていた。

長谷川係長は、お饅頭を手で掴むと、おじさんの口に詰め込んだ。

お饅頭を口にしたおじさんは、「ぐう!」と声を上げて膝をつく。もぐもぐと咀嚼《そしやく》し、ごくんと飲み込んだ。その瞬間、体内の邪気が外に放出される。

邪気祓いの力は、取り憑いた鬼にまで影響する。

鬼の体は小さくなり、白い靄となった。

「鬼が、消えた!?」

私の呟きに、ジョージ・ハンクス七世が言葉を返す。

『あれは鬼じゃない。小鬼っていう、鬼の姿に似た低位怪異だ』

「そ、そうだったんだ！」

大変珍しい怪異のようで、情報収集していた者が勘違いをしていたのだろう、とジョージ・ハンクス七世は言う。

鬼は、最初からいなかったのだ。ホッと胸をなで下ろす。

「終わった……のかな？」

『終わったみたいだ』

声をかけようとした瞬間、長谷川係長はその場に倒れてしまった。

「長谷川係長!!」

『邪気に中てられてしまったのだろう。遥香の手を握っていたら、治るはずだ』

その時、スマホが鳴った。義彦叔父さんからだった。

「も、もしもし？」

自分でもビックリするくらい、涙声だった。電話の向こう側にいる義彦叔父さんも驚いている。

『遥香ちゃん？　大丈夫？　今、ホタテスター印刷の前まで来ているのだけれど』

「す、すぐに、来てください。私と、ジョージ・ハンクス七世以外、全員、気を失っていますので」

『それは大変だ!!』

事前に留守電にメッセージを残していたのがよかったのだろう。義彦叔父さんが駆けつけてくれた。そのあと、両親もやってくる。

気を失っていた人々は、緊急搬送された。皆、命に別状はなく、医者に下された診断はなんと『疲労』だった。

叔母は点滴を打たれ、一時間半後に目覚めたようだ。

身を挺《てい》して守った叔父が無傷だったことを知ると、涙していたようだ。あとから病院に駆けつけた母が教えてくれた。

叔父も、もうしばらくしたら目覚めるだろう。

長谷川係長と戦っていたおじさんは、無傷だったらしい。ただし、鬼に取り憑かれていたため、まだ意識がもうろうとしているようだ。

おじさんは、誘拐監禁事件を起こした犯人だった。だが、鬼に取り憑かれた結果発生した事件なので、慎重に取り締まるという。私に事情を聞きにきた、刑事さんがそんなことを話していた。

ここで、意外な関係が明らかとなる。明治時代に陰陽寮は廃止されたが、今でも一部の陰陽師と政府は繋がっているらしい。永野家も国家協力陰陽師なのだという。

怪異が原因で事件が発生した場合、情状酌量も考慮されるのだとか。

今回は、鬼に取り憑かれた結果、誘拐監禁事件を起こしたので、大きな罪には問われないだろうとのこと。

けれど、私はその決まりに疑問を覚える。

事件のきっかけは、もともと内に秘めていた人の悪意だったのか、それとも怪異がそそのかしたのか。

人の事情を慮《おもんぱか》るばかりで、怪異の事情なんて調べやしない。一方的に怪異が悪いと決めつけ退治するのは、なんだかモヤモヤする。

この辺は、私が個人的に気にしてもどうにもならないのだが……。

ちなみに、いくら陰陽師が事件の調査に協力しても、報酬はでない。なんとも切ない関係である。

怪我をした長谷川係長の治療が終わるのを病室の前で待っている間に、一郎伯父さんが私に謝罪をしにやってきた。

叔母にせっつかれてやってきたのだろう。気まずそうな表情で、私をチラチラ見ている。

「その、せっかく情報をくれたのに、酷い言葉をぶつけてしまって、申し訳なかった。今後も、何か気付いたら、直接連絡してくれると嬉しい」

誠意を持って謝ってくれたので、許してあげることにした。

長谷川係長だけは肩の骨にヒビが入り、全治一ヶ月となった。入院はしなくてもいいものの、一週間は静養しなければならないという。

「長谷川係長、すみません、私のせいで……」

怪我をした長谷川係長は、さすがに弱り切った様子だった。

けれど、淡い微笑みを浮かべ、私に言葉をかけてくれる。

「永野さんが無事で、よかった」

胸をぎゅっと鷲づかみにされたような心地になる。顔が熱くなり、ドキドキして、落ち着かない。

長谷川係長の顔を、見ていられなくなる。こんな状態は、今まで経験したことがない。

「どうしたの？」

「な、なんでもありません！」

そう返したものの、私はどうかしてしまったのだ。今、この瞬間に、気付いてしまった。

本当にありえないことだけれど、私は、長谷川係長を好きになってしまったらしい。

長谷川係長は鬼の血が流れていて、私は陰陽師だ。どうあがいたって、好きになっていい相手ではないのに……。

どうしてこうなってしまったのだと、頭を抱える夜であった。

◇　◇　◇

今日も今日とて雨が降る。ザーザーという雨音を聞きながら、仕事を進めていた。

昼休みになり、お弁当を食べ、デスクに戻る。すると、食堂で情報を仕入れた杉山さんが、嬉しそうに話しかけてきた。

「永野先輩、聞きました？　瀬名さん、退社したんですって」

「へえ、そうなんだ」

知っているが、知らない振りをしておく。先日の事件をきっかけに、退職したらしい。

なんでも『ホタテスター印刷』は規模を縮小しつつも、経営を続けるという。瀬名さんは実家の手伝いをするようだ。

二度と、邪気に惑わされず、平和で幸せな人生を歩んでほしい。

平和と言えば――鬼退治に向かった永野家の人達は瞬く間に元気を取り戻し、今は各々日常生活に戻っている。父曰く、皆ピンピンしているそうだ。

唯一、叔母だけは今回の件が堪えたようで、しばらくは叔父のもとでゆっくり過ごすという。これからは、今まで以上に夫婦の時間を大事にしてほしい。

長谷川係長の怪我も、完治した。

私を庇ったせいで怪我をしたのに、一切責めなかった。それどころか、怪異への甘味祓いをこれまで通り手伝ってくれるのである。

私は長谷川係長への恋心を胸に秘めながら、共に行動していた。

今日も、仕事が終わったら甘味祓いに出かける予定だ。

終業後、純喫茶『やまねこ』で、長谷川係長と待ち合わせをする。

「さて、永野さん、行こうか」

「はい」

長谷川係長と私は、怪異に対して甘味祓いを行う。

すべては、浅草の町の平和のためなのだ。

番外編

現代の大鬼、小娘相手に恋をする

長谷川が浅草にやってきてから、早くも一ヶ月がたった。

初めこそ遥香に警戒されていたものの、契約以降は良好な関係を築いていた。

ただそれは、上司と部下というだけで、親密とはほど遠い。いったいどうしたら、距離を縮められるものか。対策はいっこうに思い浮かばない。

ただ、遥香と怪異の邪気祓いを重ねるにつれて、打ち解けるようになった。

彼女は心を許しつつある。あとは、引いたり、押したりして恋の駆け引きを楽しみたい。そう思っていたのに、思いがけない相手と出くわす。

永野織莉子——長谷川家の当主から警戒するようにと言われた、実力派陰陽師らしい。

織莉子は、遥香の叔母だったのだ。マンションの持ち主でもあり、あろうことか遥香を溺愛しているのである。

最悪なことに、遥香も織莉子を慕っているようだった。

以降、彼女の意識は、家に転がり込んできた織莉子に注がれる。長谷川は当然面白くない。前世でも、織莉子は二人の恋路を邪魔してきたのだ。鬼殺しの英雄である

『桃太郎』を呼んだのも、織莉子だった。

二人を引き離すにはどうしたらいいのか。策略を巡らしていたが、ある日遥香が嬉しそうに織莉子の話をしているのを聞いて止めた。

今世では、前世のように多くは望まない。どうせ、人と鬼なんて、結ばれるわけがないのだ。

第一に望むのは、遥香が幸せなこと。

もしも、彼女の手を取る男性がいたら、どうなるかわからない。

案外、幸せそうな姿を見て、満足する可能性だってある。

遥香が目の前で殺されるよりは、誰かと結婚して、お婆さんになるまで生きて欲しい。

それは、人としての長谷川の望みだ。

鬼の長谷川の望みは、異なる。

傍において、自分だけの存在《もの》として大切にしたい。家族であろうと、彼女の傍に寄るのは許せなかった。

だが、転生前に独占しようとして、どうなったか。思い出したくもない。

彼女の血で、目の前が真っ赤になった日の悲しみを、後悔を、憎しみを、苦しみを、二度と忘れてはいけないだろう。

今は、一緒に過ごせるだけでいい。そう、思っていた。

ある日、長谷川は遥香を庇って怪我をする。

遥香は動転し、長谷川につきっきりとなった。織莉子がマンションに寄っても目もくれず、せっせと長谷川の世話をする。

心が高揚した。ついに、織莉子に勝ったのだ。

長谷川は気付いた。遥香の意識を自分に向けさせるには、彼女を庇って怪我をすればいいのだ。そうすれば、罪悪感からあれこれと世話を焼いてくれる。

一秒でも長く、共に過ごせるのだ。

遥香のためならば、腕の一本でも、足の一本でも、いいや、命さえも差し出そう。

彼女に看取《みと》られ、息絶えることこそ、鬼の身で生まれた長谷川の幸せの形だ。

遥香が傷つき、倒れるなど二度とあってはならない。

傷つくのも、倒れるのも、人から望まれない鬼が背負えばいいのだ。

どうか、望みが叶《かな》うように。

長谷川は遥香と過ごす中で、一人願っていた。

―――本書のプロフィール―――

本書は書き下ろしです。

小学館文庫

浅草《あさくさ》ばけもの甘味《かんみ》祓《ばら》い

～兼業陰陽師《けんぎょうおんみょうじ》だけれど、お隣《となり》に“鬼上司《おにじょうし》”が住んでいます～

著者　江本《えもと》マシメサ

二〇二〇年六月十日　初版第一刷発行
二〇二〇年七月十二日　第二刷発行

発行人　飯田昌宏
発行所　株式会社 小学館
〒一〇一-八〇〇一
東京都千代田区一ツ橋二-三-一
電話　編集〇三-三二三〇-五六一六
販売〇三-五二八一-三五五五
印刷所 ―――― 図書印刷株式会社

ISBN978-4-09-406775-0